D1389852

Het lopend buffet

Van Machteld Bouma verscheen eveneens bij Artemis & co

Pur
Losers

Machteld Bouma

Het lopend buffet

Artemis & co

Eerste druk juni 2010
Tweede druk augustus 2010

ISBN 978 90 472 0151 9
2010 Machteld Bouma
Omslagontwerp Janine Jansen
Omslagillustratie *Walky Talky*, s9
Foto auteur © Tessa Posthuma de Boer

Verspreiding voor België:
Veen Bosch & Keuning uitgevers n.v., Antwerpen

1

Storm

Zojuist ben ik gestorven. Zo erg is dat dus niet; het is als een lampje dat dooft en daarna donkere, vredige rust. Je zou er bijna naar verlangen.

Een tijdlang staar ik naar het duister van de slaapkamer en luister naar de wind buiten. Zoals al was voorspeld, is de windkracht sinds gisteravond toegenomen.

Ik denk aan de koude stoeptegel die ik in mijn droom tegen mijn wang voelde terwijl ik lag te wachten op het schot. Ik hield zelf de loop van het geweer tegen mijn slaap.

'Schiet maar,' zei ik.

De man die zijn vinger om de trekker had, aarzelde.

'*They shoot horses, don't they,*' zei ik.

Hij schoot. Het deed niet eens zeer.

Vannacht zal ik niet meer in slaap vallen. *They shoot horses, don't they,* dat was een film van vroeger... Ik reik naar het nachtkastje naast mijn bed en druk op het knopje van de wekkerradio. Het is vier uur en het radiojournaal meldt dat het heel hard waait. Het water in de Noordzee schijnt hoog te staan, dat in de grote rivieren nog hoger. Er wordt dijkbewaking ingesteld, want de windkracht zal nog verder toenemen.

Ik doe niet aan weer. Al jaren niet meer. Binnen is er immers weinig weer en ik kom nauwelijks nog buiten. Maar deze nacht dringt het weer het huis binnen: op het dak kleppert iets, een dakpan of een los loodschort, en het gordijn voor het slaapkamerraam beweegt zacht heen en weer. De ramen zijn dicht, maar een noordwester als deze gaat dwars door kieren en spleten. Het begint nu ook te regenen, druppels slaan met kracht tegen het raam. Door het geluid tilt de poes verschrikt haar kop van mijn buik. Dan rekt ze zich uit en draait zich op haar andere zij. Morgen gewoon weer muizen. Wanneer ik me overeind hijs om te gaan plassen, laat ze zich plompverloren van mijn buik in de zachte golven van het dekbed vallen, rolt zich op en slaapt verder.

Naast het bed kom ik voorzichtig omhoog, verlies mijn evenwicht (maar daar houd ik rekening mee), ga zo goed mogelijk rechtop staan en focus op de klink van de badkamerdeur. Het duurt even voor ik mijn spieren los genoeg kan maken om de eerste stap te doen. Er zijn vijf stappen nodig, de kunst is tijdens die vijf stappen niet om te lazeren. Ik ben al eens op mijn knieën naar de wc gekropen en dat is niet leuk.

Precies op het moment dat ik de badkamerdeur bereik, gaat de telefoon. Een dwingende, elektronische tingel. *Iets met mama?* Ik moet kiezen: omdraaien en terug naar het bed (de telefoon ligt op het nachtkastje) of doorlopen en de telefoon laten voor wat hij is.

Tweede tingel.

Ik kies en ik draai. Nu moet ik me haasten, want na vier keer overgaan schakelt het antwoordapparaat in. Helaas draait mijn evenwichtsorgaan langzamer dan ik en ik raak uit balans. Ik val.

Derde tingel.

Ik kruip naar het bed, tast boven mijn hoofd. Er valt een plastic beker van het nachtkastje, dan de wekker en ten slotte het antwoordapparaat. Het antwoordapparaat raakt me vlak achter mijn rechteroor.

Vierde tingel.

Ik vloek, probeer overeind te komen, maar wanneer ik steun

zoek op het nachtkastje kiep ik met kastje en al om. Met mijn wang tegen het koude linoleum van de slaapkamervloer hoor ik mezelf zeggen: *Dit is een antwoordapparaat. Ik kan nu even niet opnemen...*

Steunend op mijn armen trek ik mijn knieën onder me en roep: 'Wacht!'

... laat een bericht achter na de piep.

Een klik, en dan hoor ik hem, net buiten mijn bereik.

'May,' zegt hij. 'Mijn lief...'

Stilte. Alleen de wind en mijn hart in mijn oren. Ik begin te schreeuwen, dat ik er ben, dat hij geduld moet hebben, dat hij niet mag weggaan, moet blijven. Maar als ik eindelijk, eindelijk de telefoon te pakken heb, hem heb laten vallen en weer heb opgepakt, als eindelijk mijn dove vingers het goede knopje vinden – dan klinkt er alleen nog een bezettoon.

Ik kom overeind.

Ik zwaai op mijn benen.

Ik laat me op het bed vallen.

Ik plas.

De poes vertrekt, met opgetrokken neus.

Mijn lief.

May.

Zo vaak klinkt mijn naam niet meer. Dat is de consequentie van een eenzaam leven.

Om acht uur arriveert de thuishulp. Ze zingt in de keuken terwijl ze thee zet, zingt in de gang als ze de stofzuiger pakt, maar stopt met zingen als ze me in bed aantreft.

'Nog niet op?' vraagt ze en ze biedt me haar vlezige arm om me overeind te helpen. Dan snuift ze.

'Sorry,' zeg ik.

'Daar ben ik voor,' zegt Ada onaangedaan. Ze zet het nachtkastje overeind.

Soms wilde ik dat de mensen die me helpen wat minder supermens waren. Dat ze gewoon riepen *gatverdamme* of *ook dat nog*. Misschien voelde ik me dan wat minder mindermens.

Ada begeleidt me naar de badkamer, waar ik de dagelijkse kleine gevechten lever met gladde kranen, stroeve dekseltjes en weggglibberende zeep. Een tandpastatube dient men goed vast te houden met één hand, terwijl de vingers van de andere zich om het dopje sluiten en een draaiende beweging maken. Dan het dopje wegleggen, de tandenborstel met het kopje precies voor de opening van de tube houden en knijpen. Een beetje.

Wanneer ik de witte klodder uit de wasbak spoel en voor de tweede keer moeizaam het tandpastadopje van de vloer opraap, hoor ik Ada alweer zingen. *Heb je even voor mij.* Terug in de slaapkamer zie ik haar knielen. Er schiet me een dichtregel te binnen van Gerrit Achterberg. '*Zij kent de onderkant van kast en ledikant…*'

Ik zie haar grote handen naar het kleine, zwarte antwoordapparaat reiken en haar rode vingers die zich over de vederlichte tiptoetsen vouwen. Het apparaat geeft een korte bliep. Ze kijkt ernaar. 'Sorry,' zegt ze, 'ik heb ergens op gedrukt.' Ze zet het ding terug op het nachtkastje.

Het bericht is gewist. Zonder ernaar te hoeven kijken weet ik het: het is een tekortkoming van het ontwerp. Eén knopje en een boodschap gaat voorgoed verloren. Dankzij mijn eigen onhandige handen ben ik er zo al tientallen kwijtgeraakt.

May. Mijn lief.

Heb ik het telefoontje van vannacht gedroomd? Ik ben vannacht immers ook gestorven, terwijl ik nu gewoon thee ga drinken. Ik trek een kamerjas aan, want voor echte kleren heb ik nog geen energie.

Terwijl Ada in de slaapkamer het bed verschoont, zet ik in de keuken mijn transistorradiootje aan en luister naar het nieuws. Er is een land in oorlog, een generaal staat op zijn strepen en er is een arbeidsconflict. Verder zal de storm de komende uren aanwakkeren.

De telefoon gaat weer en ik grabbel naar het toestel, dat op tafel ligt. Met de beweging gooi ik mijn thee om. Ik schuif het radiootje weg van de theeplas en deponeer een hele rol keukenpapier die onder handbereik staat er middenin.

Ik weet wie er belt, want het is inmiddels halfnegen.

'Het is hier al zomer!' roept mijn moeder. 'Heerlijk, hoor!'

Daarna vraagt ze hoe het met me gaat.

'Goed,' zeg ik.

'Ja?' vraagt mijn moeder blij, zodat ik nog een keer moet liegen. In gedachten zie ik haar zitten op het balkon van haar Spaanse seniorenflat. Zonder papa. Maar daarover klaagt ze niet. Misschien heeft ze het te druk om eenzaam te zijn; er zijn vast wel nog nooddruftiger bejaarden dan zijzelf, die hulp behoeven.

Ik houd het kort en heb haar al opgehangen als de buitendeur openvliegt en met een harde knal tegen de muur slaat. De vrouw van de prikdienst komt binnen in een wervelstorm van regen en natte bladeren.

'Sorry!' roept ze en ze laat haar koffer op de grond vallen om de deur met twee handen te sluiten. Ze zegt: 'Mensenkinderen!'

De koffer wordt op een stoel gezet en de vrouw gaat zonder veel omhaal haar handen wassen. Ada komt de keuken in en maakt koffie. Daarna tilt ze de doorweekte keukenrol van tafel en gooit hem in de vuilnisbak. De radio zet ze uit.

Doe maar of je thuis bent, denk ik, terwijl ik toekijk en de telefoon wegleg. Vroeger was ik baas in eigen huis, maar ze hebben natuurlijk gelijk: Ada weet de allesreiniger en de stofzuigerzakken beter te vinden dan ik en de vrouw van de prikdienst, wier naam ik altijd vergeet omdat ze maar eens in de vier weken komt, weet blindelings een nieuwe keukenrol te vinden. Ze schuiven allebei aan tafel met hun koffie en veel *hèhè* en *poehpoeh*. Ik luister naar hun verhalen. Ze noemen namen die ik niet ken en hebben het over nu al stormschade in parken en straten die hier vlakbij zijn, maar waar ik in geen tijden ben geweest. Ze zouden het ook over Kathmandu kunnen hebben of over Casablanca – wat mij betreft is alles even ver weg.

Opnieuw telefoon. Nu is het mijn zusje. Tegen haar zeg ik het, tegen haar zeg ik: 'Vannacht belde Felix.'

Even is ze stil en dan antwoordt ze: 'Felix Keeper? Maar dat kan helemaal niet.'

Ik hoor de wind. Het is nu al minstens windkracht 7. Voor zover ik daar verstand van heb, wat ik dus eigenlijk niet heb.

Wat je zegt, Jolie, denk ik. Dat kan helemaal niet.

Ik heb Felix tien jaar geleden ontmoet en ik ben hem negen jaar geleden al kwijtgeraakt, in de tijd dat ik zo ongeveer alles kwijtraakte: mijn baan, mijn vrijheid, mijn leven...

De eerste keer dat ik hem zag was op een receptie: onze blikken kruisten elkaar boven een piramide van garnalenkroketjes, omdat we ieder aan een kant van een visbuffet stonden (ik kon toen dus nog goed staan). We wisten meteen dat we allebei de dikke man hadden gezien, die alle schotels van het buffet van kaviaar ontdeed. Toen de dikke man zich omdraaide, verstopte hij zijn bordje achter een mollige hand. Zijn gezicht herkende ik uit een vaktijdschrift: hij verkocht onlangs zijn consultancybureau voor miljoenen euro's. Toen ik van hem wegkeek, zag ik Felix aan de andere kant van de garnalenkroketjes met zijn ogen lachen. Ik ben nooit meer iemand tegengekomen die dat zo kon. Achteraf denk ik dat hij iets van zichzelf in mij meende te herkennen: een ironische blik op de wereld en een onafhankelijke geest. Misschien was mijn geest in die tijd ook nog wel onafhankelijk. Toen kon ik immers nog gaan en staan waar ik wilde; ik liep, rende, fietste, reed in een snelle auto, kookte, werkte, waste en deed zelf mijn boodschappen. Pas sinds ik fysiek afhankelijk ben geworden, is het verdomde moeilijk om een onafhankelijke geest te bewaren.

Felix drentelde weg. Ik zag dat hij niet, zoals de meeste mannen hier, een pak droeg, maar kleren waarmee hij zo het bos in kon. Niet helemaal gepast. Wel duur. Drie, vier vrouwen bewogen zich min of meer onopvallend in zijn richting toen hij wegliep, en ik hoorde hoe hij zich aan hen voorstelde. Pas toen drong het tot me door dat dit nou die net nieuw aangetrokken mediastrateeg was van F&K Mediaconsultancy. Ik wist van zijn komst, want hij was een beetje beroemd en er werd al weken over hem gepraat.

De rest van die middag lette ik niet meer op Felix, maar trok op met bevriende collega's. We maakten pret, we lachten wat, we dronken wat, werk was leuk. Maar later op de avond, toen ik op mijn horloge keek en besloot te vertrekken, toen fluisterde iemand in mijn oor: 'Ga je eindelijk mee?'

Ik keek opzij. Felix Keeper stond alsof hij niets had gezegd voor zich uit te kijken. Hij was zo dichtbij dat ik hem kon ruiken. Hij rook naar buitenlucht.

Ik antwoordde: 'Jij ook altijd.'

Zijn ogen glansden.

Privé betrokken raken bij een collega is een manier om je positie op het werk in gevaar te brengen. Het was daarom de enige afspraak die we later zouden maken: we zeiden tegen niemand wat we hadden. Wat we dan ook hadden.

'Wat zei hij dan?' vraagt mijn zus door de telefoon.

'Ik was te laat,' zeg ik. 'Hij heeft ingesproken. Hij zei... alleen mijn naam.'

'Hoe weet je dan dat het Felix was? Staat het op het antwoordapparaat?'

Nee. Maar het was zijn stem.

'Het bericht is weg. Het is per ongeluk gewist. Misschien heb ik het gedroomd...'

'Je hebt het gedroomd,' zegt Jolie. Het klinkt alsof het haar oplucht. 'Felix Keeper is dood.'

Jolie heeft Felix nooit gemogen. Maar toen Jolie bij F&K ging werken, was Felix allang weg. Ze kent hem dus helemaal niet. Had ze hem een beetje gekend, dan had ze het vast begrepen. Of misschien ook niet: Jolie is nogal anders dan ik. En bovendien kreeg Jolie in het jaar dat ik hem kende het minst leuke gedeelte van Felix: zij was tenslotte degene die ik belde om mijn beklag te doen als hij weer dagenlang niets van zich liet horen. Geen wonder dat Jolie een hekel aan hem kreeg.

Wanneer ik een uur later alleen ben, kijk ik naar de televisie (het huis opgeruimd, ik geprikt, drie buisjes van mijn bloed in de koffer op weg naar een laboratorium). Vooral beelden van de harde wind op tv; reportages over dijkgraven en brandweermannen. Weerkaarten vol pijlen en schuivende lijnen: er trekt een lagedrukgebied over de Noordzee.

Terwijl ik kijk, besef ik dat ik de wereld nog uitsluitend waarneem via de ogen van anderen, via de oren van anderen en bij monde van anderen. Mijn buitenwereld is tweedehands. Nog even en ik ben net zo gestoord als die tuinman in *Being There*.

Ook een film van vroeger. En een boek.

Het besef maakt me niet blij.

They shoot horses, don't they.

Felix.

Toen die miljonair in de Sierra Nevada verdween en ze naar hem gingen zoeken, toen heb ik een tijdlang gehoopt dat ze behalve de miljonair (*dead or alive* – dat maakte mij persoonlijk niet zo heel veel uit), een tweede lijk zouden vinden. Een zongebleekt stapeltje botten. 'Hier ligt er een,' zouden ze zeggen, 'maar dit is niet Steve. Deze ligt hier al langer.' Een DNA-test zou vaststellen dat het om Felix Keeper ging en dan zou er eindelijk iets zijn om afscheid van te nemen. Misschien vonden ze in zijn buurt nog het gebeente van zijn paard, misschien werd er iets duidelijk over wat er was gebeurd en hoe het was gegaan. Waren ze samen toen ze stierven, Felix en zijn paard? Of gaf Felix de geest en sjokte het beest daarna nog een tijdje door, op weg naar een wisse dood? Het kan ook andersom zijn geweest: dat Felix nog even wanhopig aan een dood paard heeft staan trekken voordat hij eindelijk opgaf en op eigen kracht verderging, op zoek naar water en schaduw.

Honderden keren heb ik het me afgevraagd, heb ik me voorgesteld hoe hij op een zeker moment door de knieën ging en nog heeft geprobeerd om kruipend weg te komen. Zijn mooie, sterke handen zag ik uitgedroogd en roodverbrand, zijn vingers klauwend in heet woestijnzand en zijn kleren gerafeld. Huid eerst bruin dan rood dan grijs, na maanden door de woestijnwind weggeblazen van zijn botten als droge schilfers perkament.

Toen de miljonair eindelijk werd teruggevonden (*dead*), toen verdween zelfs mijn hoop op het stapeltje botten.

Ik zucht en kijk naar buiten. *Dat kan helemaal niet*, zei Jolie daarnet. *Felix Keeper is dood*. Jolie denkt dat het komt doordat ik nooit goed afscheid heb kunnen nemen. Dat heb je zo als iemand verdwijnt. Geen lijk, geen kaart, geen bloemen, geen graf, geen oven, geen koffie met cake. Dan is afscheid nemen moeilijk.

Ik sta op en ga naar de keuken. Op straat loopt een man voorbij met een omgeklapte paraplu. Een scène uit wel honderd films.

'Kom,' zeg ik hardop, 'doe wat.' Dat is de stem van Jolie en van mijn vader en mijn moeder en mijn oma en mijn opa, van de overheid en de strengste docenten op school. Het is de stem van wat ik nog van de Bijbel weet en van SIRE en Postbus 51: niet zeuren maar flink zijn, en normen en waarden, fatsoen moet je doen, de maatschappij dat ben jij, meld misdaad anoniem en ledigheid is des duivels oorkussen. Het is zelfs de stem van May, toen ik nog iets met May te maken had. Toen ik nog mij was.

Ik zou vandaag bijvoorbeeld kunnen proberen weer eens een gedicht te schrijven, al was het maar in gedachten. Iets over storm misschien.

Een paar jaar geleden ben ik in een onbewaakt moment begonnen met dichten. Of nee, dat is niet waar, het was juist een uiterst bewaakt moment: er was toen net een nieuw medicijn op de markt (de markt van kommervolle kreupelen met zenuwstelsels vol vlekken) en terwijl dat per infuus bij me naar binnen druppelde, werden er voor de zekerheid elke tien minuten een bloeddrukmeter, een thermometer en een hartslagmeter aangelegd. Ze waren er niet helemaal zeker van of je aan het medicijn niet ook kon doodgaan, geloof ik.

Terwijl ik vanuit het ziekenhuisbed naar de druppels lag te kijken, ontstonden er zinnen in mijn hoofd die leken te beschrijven wat ik nog niet eerder onder woorden had kunnen brengen, en toen ik uren later thuiskwam besloot ik ze te bewaren. Ik nam er een mooi notitieboekje voor, ooit cadeau gekregen van een vriend, met een kaftje van zijdepapier. Een computer had ik toen al niet meer, die is gecrasht toen mijn zus probeerde er een spraakprogramma op te installeren, en voor een nieuwe heb ik geen geld. Als ik al een nieuwe zou willen. Is een computer niet nog meer informatie over een wereld die niet meer van mij is? Betekent een computer niet mailtjes met uitnodigingen voor feesten en partijen waar ik toch niet naartoe kan? Of vragen over hoe het met me gaat, terwijl ik dat mezelf niet eens meer vraag? Misschien kan ik het saaiste weblog van de wereld schrijven... Over wachten. En wachten. En wachten.

Een boekje met een zijdepapieren kaftje past trouwens toch veel beter bij zoiets delicaats als dichten.

Het schoot me pas na drie regels te binnen, pas toen de letters in spastische krabbels eindigden, de pen uit mijn rechterhand glipte en op de grond viel: ook mijn handen verloren kracht.

Ik wil mijn handicaps wel vaker vergeten. Het komt nog steeds voor dat ik 's morgens gedachteloos uit bed spring en het me pas op de slaapkamervloer te binnen schiet: o ja, ik had MS.

Ik liet het notitieboekje vallen en vergat mijn dichterlijke aspiraties, maar rekende buiten Jolie. Het leek Jolie wel wat, dat ik dichter zou worden. Het was tenminste iets. Zij ging op zoek naar het boekje, dat onder een radiator terechtgekomen was, en legde het weer voor me neer. Ik herlas de paar zinnen die ik had geschreven, geneerde me voor de woorden en het rare, slordige handschrift, maar ging toch verder. Na elke regel moest ik wachten tot de lamheid uit mijn rechterhand verdween, staarde uit het raam en dacht na over wat ik had geschreven. Ik dacht aan jambe en trochee en anapest, en streepte het meeste weer door: na anderhalf uur had ik dus drie blaadjes vol doorgekraste woorden.

Het liet me de weken erna echter toch niet los. Het was misschien een kwestie van volhouden? En misschien trokken die handen nog wel bij? Je hoefde tenslotte voor dichten verder niet zoveel te kunnen, fysiek gesproken dan.

Toen ik na negen maanden vierenvijftig blaadjes vol had, met wat ik eigenlijk geen gedichten durfde noemen maar Jolie wel, toen stuurde zij ze op naar een kleine, maar gerenommeerde uitgever van poëzie. Jolie houdt niet van dingen die nergens toe leiden en schoof mijn bedenkingen triomfantelijk terzijde (zie je nou wel) toen de kleine uitgever besloot een bundeltje te publiceren. Er werden er tot nu toe zevenennegentig van verkocht, waarvan vijfenzestig aan vrienden, familie en bekenden. Nog elke dag voel ik de verantwoordelijkheid voor de andere tweeëndertig lezers, die ik niet persoonlijk heb kunnen begeleiden. Ik hoop maar dat ze niet depressief zijn geworden van de doden die ík te betreuren heb en van alles wat ík niet meer kan.

Jolie vond zevenennegentig verkochte bundeltjes een wel

heel mager resultaat en hing mijn dichterschap aan de wilgen.

Ik ook. Maar soms vliegt de leegte van mijn leven me aan en denk ik dat ik het misschien toch weer zou moeten doen, dichten. Het is tenminste iets.

Storm, dus. Storm zou toch moeten inspireren. (Belachelijk, natuurlijk: alsof dichten zo werkt. Maar dat denken is artistieke onzin, of nog erger: gebrek aan vechtlust. Dat ik me neerleg bij de situatie.)

Storm. Zonder zwiepen en zwaaien, bulderen en brullen, zonder voortjagende wolken of andere clichés. Storm in nieuwe, eigen woorden. Een metafoor voor storm.

Of storm als metafoor.

2

Alarm

Het is halftien. Het gehuil van de wind om het huis verklankt wat ik voel, terwijl ik geen gedicht kan bedenken, over Felix peins en op Jolie wacht – hoewel het nog bijna drie uur duurt voor die komt.

Ik kijk een tijdje naar herhalingen van het journaal.

Ik kijk naar buiten.

Ik kijk naar de poes.

De paradox is dat ik haast heb en alle tijd. Het aantal keren dat ik het nog lente zal zien worden is kleiner dan het aantal uren dat ik nog zal wachten. MS is niet acuut dodelijk, maar er is weinig kans dat ik er oud mee wordt, zei het gezicht van de neuroloog me toen hij een keer MRI-scans op zijn computer zat te bekijken. Het is een trage tijdbom, MS.

Ik kijk op de klok.

Ik kijk weer naar buiten.

Ik kijk naar de zwijgende telefoon.

Wachten hoort bij patiënt-zijn. Het is geen toeval dat in het Engels het woord voor patiënt hetzelfde is als het woord voor geduldig: er ligt een verbroederende basis in het Latijn. *Patiens*. Genezen duurt zolang als het duurt, dus patiënten wachten geduldig op het herstel van gebroken botten, het zakken van de koorts en het helen van de wonden. We wachten in wachtkamers op de dokter, op medicijnen, in ziekenhuisbedden op de laatste druppel van het infuus; we wachten op de uitslag van een onderzoek, op de werking van een pijnstiller, op de verpleeghulp met de steek, op de slaap. Helaas is MS ongeneeslijk en slaat al mijn wachten eigenlijk nergens op. En toch blijf ook ik wachten. Op de komst van Ada of op iemand anders die de vuilnis voor me buitenzet, op de taxi naar het ziekenhuis, op de post, op telefoon, op Jolie, op de dood, op Godot.

Zoveel geduld heeft best een zekere heroïek, maar die is aan weinigen besteed. De wereld buiten bestaat immers uit sneltoetsen, snelbruiners, snelkoppelingen, sneltreinen, spoedcursussen, speeddating en secondelijm? Fastfood, flitsscheiding, instant fame. Wachten is niet hip, niemand die nog wacht. Behalve ik.

Op Felix heb ik ook vaak gewacht, al lang voordat hij verdween in de Sierra Nevada.

Ik kijk naar de klok.

Ik kijk naar de telefoon.

Ik duw de kat van mijn schoot. Op de tafel voor me is mijn koffiekopje omgevallen, er is een restje koffie uit gelopen.

Ik kom overeind om me te gaan aankleden. Jolie houdt er niet van als ik te lang in een kamerjas voor de televisie hang. Wat begint met verslonzen, eindigt met aftakelen, vindt ze. Ze heeft natuurlijk ergens wel gelijk. Zie het huis: zonder voortdurende zorg ligt verval op de loer, van gaten en schimmels tot breuk en lekkage. Niets wat vanzelf heelt. Luister maar naar de dakpan in de slaapkamer (of het loodschort): het geklepper is nog luider dan vannacht. Straks vliegen er losse dakdelen door de lucht en scheert er iets door het slaapkamerraam! Straks dringt de regen het huis in en ontstaan er kortsluiting en brand, zonder dat ik bij machte ben er ook maar iets aan te doen, zonder dat ik bij machte ben om zelfs maar te vluchten... In rampscenario's verzinnen ben ik goed, dus als ik armen en benen door (ik hoop) de juiste mouwen en broekspijpen heb geworsteld, doe ik toch maar de grote, lompe polsband om waarmee ik alarm kan slaan in geval van nood. Er bestaan een hoop gadgets voor tachtigjarige wankel-ter-benen. Wat het in mijn geval zielig maakt, is dat ik nog niet eens vijftig ben.

Of er iemand zal reageren wanneer ik op de knop van de polsband druk is overigens de vraag: de alarmcentrale is ongetwijfeld overbelast in deze weersomstandigheden en bovendien heb ik een strafblad.

Qua alarm.

'Edelachtbaar college,' zei de officier van justitie een tijd geleden in de rechtbank. Hij had een indrukwekkende kuif haar, die hij zichtbaar goed verzorgde. 'Net zomin als men in een trein zonder reden of aanleiding aan de noodrem mag trekken, mag men zonder reden of aanleiding in publieke ruimtes op een alarmknop drukken.'

Hij sloeg een blad om en schudde de mouwen van zijn toga naar beneden.

'Brand roepen als er geen brand is, is met reden strafbaar. Degene die nodeloos alarm slaat, brengt andere aanwezigen in gevaar. Wanneer een grote groep mensen een ruimte overhaast verlaat, gaat dat immers met ongelukken gepaard.'

Hij trok de mouwen weer omhoog.

'Voorts zijn er de professionals die binnen veiligheidssystemen moeten functioneren. Politie, brandweer, paramedisch personeel: zij begeven zich uit de aard van hun beroep in moeilijke, vaak gevaarlijke situaties. De risico's die ze daarbij lopen, mogen uiteraard nooit om niets zijn.' Zichtbaar tevreden met zijn tekst streek hij over zijn kuif.

'Wanneer mag ik?' vroeg ik aan Jolie, die naast me zat.

'Straks,' fluisterde ze en ze legde een vinger op haar lippen.

Ik zuchtte. Ik wilde dat er een einde kwam aan deze schaamtevolle bijeenkomst. Berouw had ik immers allang van wat ik had gedaan, daar had ik geen rechter of straf voor nodig. Ik geneerde me allang kapot.

De eerste keer dat ik het deed was in een halfvolle bioscoop. Ik was er met een collega, want ze vonden toen ik stopte met werken dat ik vooral dingen buiten de deur moest blijven doen... Collega's – inmiddels dus oud-collega's – wierpen zich af en toe op om me mee uit te nemen. Zo voelde ik het: ze wierpen zich op.

De collega's hadden allemaal een voorkeur voor films die de mijne niet was en de film die deze collega had uitgekozen was, behalve bloederig en gewelddadig, ongelooflijk luidruchtig. (Het was overigens wel voorstelbaar dat mensen zich niet in mijn filmkeuze konden vinden, want ik zag het liefst oude films die ik al minstens één keer had gezien. En dan eigenlijk alleen die ene scène. Holly Golightly in Tiffany's. Shirley Valentine op haar stoeltje op het strand. De *funeral* uit *Four Weddings and a Funeral*.)

We zaten helemaal vooraan in de bioscoopzaal, omdat daar min of meer plaats was voor rolstoelen. Het voelde alsof we ín de geluidsboxen zaten, terwijl op het doek zwaarden kliefden, bloed spatte en afgehakte ledematen rondvlogen.

En kan ik niet tegen hard geluid.

En ik had die middag in een zeer lawaaierige scanner gelegen.

En ik wist dat het helemaal niet goed ging met mij en mijn MS.

En ik probeerde rustig te blijven en diep adem te halen – *in uit, in uit* – maar kwam steeds lucht tekort.

Ik keek opzij naar mijn collega – Tonke heette ze – maar die staarde gebiologeerd naar het doek. De muziek zwol verder aan, baste in mijn oren en mijn borst en ik dacht: help.

'Help,' zei ik tegen Tonke, maar die propte een hand popcorn in haar mond. Ik gaf haar een duwtje, waarop ze me zonder haar blik van het doek los te maken de kartonnen popcornemmer toestak.

Ik trok het niet. Ik moest weg. Meteen. Tijdens de volgende duistere scène liet ik me uit mijn stoel glijden en kroop over het smerige bioscooptapijt (tweede voorstelling van de avond, derde van de dag) naar de zijkant van de zaal. Haren, stof, plakkerige snoepjes en ondefinieerbaar vuil kleefden aan mijn handpalmen. Ik was in paniek en dat was nieuw, dat kende ik niet van mezelf. Ik ben van het beheerste type.

Op de voorste rij zat verder niemand, dus ik werd niet gezien. Dat ik de muur precies op de plaats bereikte waar de knop van het brandalarm zat, was toeval. Het was een rood lampje in een wit nisje en voor zover ik op dat moment dacht, dacht ik dat ik met die knop een einde zou maken aan het lawaai van de film en ook aan het lawaai in mijn hoofd. Alles zou stil worden – er zou alleen nog het geluid zijn van de alarmbel die door het bioscoopcomplex galmde en die precies zou uitdrukken wat ik voelde. *Pas op! Kijk uit! Help!*

Terwijl ik echt helemaal geen aandachttrekker ben.

'Ik wijs de rechtbank er ten slotte op,' zei de officier van justitie met de kuif, 'dat te vaak nodeloos alarm slaan onvermijdelijk leidt tot een moment waarop er niet meer adequaat op het noodsignaal wordt gereageerd. Niet door degenen voor wie het alarm is bedoeld, niet door de professionals, terwijl er juist op dat moment sprake kan zijn van werkelijk gevaar.' Hij streek weer over zijn hoofd en somde daarna feiten en data en plaatsen op. Hij presenteerde mijn bekentenis en het bewijs van de bewakingscamera in het ziekenhuis. Wettig en overtuigend, zei hij, en hij noemde het eerste lid van artikel 142 geplaatst in titel v betreffende 'Misdrijven tegen de openbare orde' van Boek II van het Wetboek van Strafrecht, waarin genoemd wordt het opzettelijk verstoren van de rust door valse alarmkreten of signalen...

De officier eiste een geldboete in de vierde categorie.

Wist die man wat ik aan uitkering ontving? Het zou me jaren

kosten om zo'n bedrag bij elkaar te schrapen...

'Wanneer mag ik?' fluisterde ik weer.

'Sst,' zei Jolie. 'Eerst ik. Straks mag jij nog wat zeggen.'

Ze ging staan.

Een halfjaar na die keer in de bioscoop overkwam het me in de Bijenkorf. Het was bijna Kerstmis en ontzettend druk, en ook toen was er veel lawaai. Jengelende muziek, *It's gonna be a cold, cold Christmas...* Jolie parkeerde me onnadenkend in mijn rolstoel met mijn gezicht naar de muur om even snel iets te gaan vragen bij een kassa. 'Even snel' is sneller zonder rolstoel. Daar stond ik, en er bonkten voortdurend mensen tegen me aan. *Winterwonderland.* Natuurlijk had ik gewoon kunnen opstaan om de rolstoel te draaien, ik had rustig kunnen blijven, ik had allerlei verstandige dingen kunnen doen – maar ook toen was er die boze golf van paniek. *Bonk.* En ook toen was er een knop voor het brandalarm en ook die knop was onder handbereik. *Bonk, bonk.* Deze had een dun doordrukglaasje.

Jinglebells.

'Een noodkreet,' zei Jolie. Bedachtzaam liet ze het woord even in de airconditioned ruimte van de rechtszaal hangen. 'sos. Alarm. Help.' Een armgebaar in mijn richting. 'Cliënte is zich ervan bewust dat men geen alarm mag slaan als daartoe geen aanleiding is. Maar cliënte had een aanleiding. Stelt u zich voor...' Nu leunde Jolie met twee handen op de tafel voor zich en keek beurtelings naar de officier van justitie en de rechter.

'... dat uw benen worden aangetast door een gruwelijke ziekte.'

Ik kreunde. 'Gruwelijke ziekte' is nog erger dan 'enge ziekte'.

'U kunt niet meer lopen. De ziekte tast uw handen aan; u laat dingen vallen. De ziekte tast uw ogen aan; lezen wordt lastig, autorijden onmogelijk.'

De rechter keek een beetje ongeduldig en Jolie ging iets sneller praten.

'Stelt u zich voor dat u moet stoppen met werken. U verliest uw sociale contacten. Stelt u zich voor dat u iedere dag strijd levert, van 's morgens vroeg tot 's avonds laat. U vecht met sleutels en verpakkingen, met lades en deurklinken, met lichtknopjes, de krant en met flessendoppen.'

Kurkentrekkers, dacht ik.

'Niets gaat meer vanzelf.'

Jolie ging rechtop staan. Ze straalde gezag uit, benadrukt door de zwarte toga. Ik realiseerde me dat ik haar nooit eerder aan het werk had gezien. Vroeger had ik het te druk, vond ik. Later kon het niet meer, vond ik. Nu schaamde ik me daar een beetje voor.

Jolie vervolgde: 'Om dan door te gaan met leven zijn moed en doorzettingsvermogen nodig.'

Ze hield het pleidooi dat bij haar paste. Meer bij haar dan bij mij, want ik was helemaal niet van het pathos.

Het was vanzelfsprekend dat Jolie mijn verdediging op zich had genomen.

'Daar heb je mazzel mee, dat je zus advocaat is,' zeiden de mensen.

Dat was ook zo. Alleen werd de lijst van hulp zo lang. Niemand die Jolie kan betichten van een nutteloos leven; daarvoor moet je bij mij zijn.

Ooit verkeerde ik in de veronderstelling dat MS maar zelden meermalen in een gezin voorkomt, zodat je mij dus als de redder van mijn zus kon beschouwen. Of zelfs, zoals Renate Rubinstein in 1985 schreef: 'Ik geloof dat 1 op de 2000 Nederlanders MS krijgt. Het is natuurlijk pech als je die ene bent, maar ik vond meteen al dat de andere 1999 mij dankbaar moesten zijn dat zij het niet waren. Statistisch was ik goed beschouwd hun Heiland, ik nam voor 1999 mensen de rol van MS-patiënt op mij.'

In Rubinsteins termen was ik de Heiland van mijn zus, dacht ik, tot ik in andere folders en op andere websites en door voortschrijdend wetenschappelijk inzicht leerde dat MS in sommige families wel degelijk vaker voorkomt. Toen kon ik niet langer denken: ík, Jolie, en daarom jij niet. Integendeel. Sindsdien kijk ik bezorgd naar haar zoontjes.

'Doorzettingsvermogen en moed...' herhaalde Jolie. De officier van justitie zuchtte hoorbaar. Hij leek eerder verveeld dan onder de indruk.

'Maar,' zei Jolie, en ze verhief haar stem, 'ieder mens heeft een breekpunt. Een moment waarop het vaatje doorzettingsvermogen even leeg is en de moed iemand in de schoenen zinkt. Dan kan er een kreet opwellen, een kreet om hulp. Hoe dan ook. Waar dan ook.' Ze schoof haar papieren bij elkaar en maakte zich op voor de finale.

'Mijn cliënte is zich ervan bewust dat de manier waarop zij uiting gaf aan haar wanhoop niet de juiste was. Zij ziet in dat ze in de toekomst op een andere manier hulp zal moeten vragen voor haar beklagenswaardige situatie. Het is mijn stellige overtuiging dat de kans op herhaling nihil is. En omdat mijn cliënte moet rondkomen van een arbeidsongeschiktheidsuitkering, pleit ik gezien de verzachtende omstandigheden voor een aanzienlijk lagere geldboete dan de officier meent te moeten eisen. Een boete die bovendien voorwaardelijk is.'

Zowel in de bioscoop als in het warenhuis was ik ermee weggekomen: een rolstoel maakt onverdacht en bij de ontruimingsscènes die op het alarm volgden, waren bewakers en personeel allang blij dat *die ene in die rolstoel* de deur uit was en niet een nooduitgang blokkeerde. Maar weer een paar maanden later, toen met die alarmknop in het ziekenhuis, toen zag ik de bewakingscamera over het hoofd. Dezelfde avond stond de politie voor mijn deur. Ik was herkend.

Volgens mij heeft mijn neuroloog me verlinkt.

De rechter bladerde in zijn papieren en vroeg zonder op te kijken of ik er nog iets aan wilde toevoegen.

Ik zal het nooit meer doen, edelachtbare. Ik weet ook niet wat me bezielde.

'Ja,' zei ik. Ik wilde dat ik erbij kon gaan staan, maar vreesde dat zelfs de paar spieren die nog weleens luisterden op dit moment dienst zouden weigeren.

'Ik wilde dat ik erbij kon gaan staan,' zei ik toen maar. Dat was in elk geval helemaal in de lijn van Jolie. 'Maar ik wil geen medelijden. Ik, eh...' Ineens had ik een droge mond en ik viel stil.

'Waarom deed u het?' vroeg de rechter. Hij klonk niet onvriendelijk, maar keek me nog steeds niet aan.

Omdat ik een kutleven heb! Omdat ik het niet meer zie zitten! Omdat het nooit meer leuker wordt dan dit!

'Om alles,' fluisterde ik. Het was om alles. Er is een liedje met die zin, een liedje over Fien de la Mar. 'Het was om alles' was volgens mij haar antwoord op de vraag waarom ze een eind aan haar leven wilde maken.

'Beseft u dat u mensen in gevaar bracht?'

'Ja...'

Hoezo? Die konden toch allemaal weg? Die vertrokken met gezwinde spoed, pakten hun biezen, smeerden 'm, peerden 'm, gingen ervandoor, waren zo gevlogen! Die keken niet om, behalve misschien om alles nog even te filmen met hun mobieltje voor je-weet-maar-nooit-een-hit op YouTube.

Toen er geen tekst meer uit gedaagde leek te komen, schraapte de rechter zijn keel. Daarna zei hij: 'Aesopos.'

Iedereen keek verbaasd op.

'Wat?' zei ik, hoewel ik niet meer aan de beurt was.

'Aesopos liet ons de fabel na van de jongen die "wolf" riep,' zei de rechter terwijl hij naar het plafond keek. Hij had vast gymnasium gedaan voor hij rechten ging studeren in Leiden.

'De jongen die "wolf" riep, was een herder die elke dag zijn kudde schapen naar de bergen bracht. Hij lette op dat er geen schapen verdwaalden, hij plukte misschien wat bloemen, sneed een wandelstok of twee... en wachtte tot de zon weer onderging.' De rechter grinnikte om de dichterlijke vrijheid die hij zich permitteerde. Toen vervolgde hij dat het vast een arcadisch leven was, maar weinig opwindend voor een jongeman in de bloei van zijn leven. Dat de jonge herder daarom uit verveling op een dag 'wolf' riep, zo luid dat men hem in het dorp beneden horen kon. De dorpelingen kwamen samen, grepen naar de wapenen en renden naar de plaats waar de kudde werd geweid...! Alwaar de jongeling hen opwachtte met een grijns op zijn gezicht. *Geintje, mensen.*

'De jongen flikte dat kunstje nog een paar keer,' zei de rechter en hij keek naar Jolie. 'En toen kon je natuurlijk wachten op de dag dat er werkelijk een wolf verscheen. Een grote wolf. Een gevaarlijke wolf. Een hongerige wolf. De jongeling schreeuwde wanhopig om hulp, maar natuurlijk reageerde niemand. Ze kenden dat grapje nu wel.'

De rechter keek streng om zich heen.

'In sommige versies van de fabel werden niet alleen de schapen, maar ook de herdersjongen verscheurd,' zei hij.

'*Cry wolf,*' fluisterde ik.

'*Cry wolf,*' beaamde de rechter, en hij keek me voor het eerst nieuwsgierig aan.

Hij legde een hoge boete op, maar ging in zoverre mee met Jolie dat de boete twee jaar voorwaardelijk werd. Daarna hamerde hij af en stond hij op, waarna iedereen opstond, behalve ik dus, en hij trok zich terug door een deur achter de tafel waar hij had gezeten. De officier van justitie knikte naar Jolie en propte zijn papieren in een loodgieterstas. De griffier haalde uit de zijne een zakje M&M's.

Het punt is dat ik in de tijd van die valse alarmen nog iets te zeggen had. *Help* is ook een tekst.

3
Meeuwen

Aangekleed en voorzien van de polsband met de alarmknop sta ik in de huiskamer even wankel door het raam te kijken, mijn hand op de schemerlamp voor het evenwicht. In de tuin dwarrelen bladeren die sinds de afgelopen herfst zijn blijven liggen in woeste kuddes van de grond omhoog en dalen weer neer voor korte slaapjes. Razen, zwellen, brullen, niet te bedaren... Er zijn nog best veel woorden die met storm te maken hebben.

Natuurlijk was ik trots toen mijn gedichten een bundel werden. Apetrots. Toen het boekje net van de pers was, stuurde de uitgever me een doos toe met vijf exemplaren. May heet de bundel. Een beetje raar, want je noemt een dichtbundel ook niet Judith of Joost, maar van de uitgever mocht Mei natuurlijk niet. Toen hebben we een van de gedichten 'May' genoemd. Het was toevallig toch in het Engels, omdat ik wilde spelen met May en may ('... fields of flowers will be here, that I may or may not see'). De bundel noemden we vervolgens naar dat gedicht. En uiteraard naar mij.

Ik haalde een van de bundeltjes uit de doos en staarde naar de pentekening op het omslag. Een kunstenaar die ik niet ken had de sombere van mij en de belofte van mei fraai gecombineerd. Maar terwijl ik ernaar keek, het bundeltje op mijn schoot, dacht ik: dit bundeltje is er ondanks, maar ook dankzij MS. Was ik niet ziek geworden, dan was ik immers nooit gaan dichten. Dan was ik gewoon blijven werken en had het gewoon te druk gehad, net als iedereen; dan had ik misschien kinderen gehad en had ik nooit de tijd genomen om zinnen die me te binnen schoten op te schrijven. Als ze me al te binnen geschoten waren. Dat is nogal duur dichterschap.

De gedachte was even onthutsend als ontstellend: het was alsof ik moest glimlachen tegen mijn beul of mijn moordenaar moest bedanken; het was ondenkbaar ondraaglijk onzalig. Ik liet het bundeltje van mijn schoot glijden en heb het niet meer ingekeken.

Ik ga op de bank zitten. Regendruppels trekken horizontale sporen over het raam, in de tuin zie ik de ceder die midden in het gras staat buigen en strekken en buigen en strekken tegen de achtergrond van de flats om mijn huis (ook mijn uitzicht is uitzichtloos).

De poes boldert door het kattenluik in de keukendeur naar binnen: ze is maar heel even buiten geweest en gaat midden in de kamer haar verwaaide vacht op orde brengen. Af en toe stopt ze met likken en kijkt mijn kant op, barnstenen ogen groot en verontwaardigd over de omstandigheden buiten. Of ik er iets aan kan doen? Ach Malgré, ook het weer ligt buiten mijn jurisdictie.

Maar dat woord kent ze niet.

De komst van Malgré was een verzetsdaad. De poes heet eigenlijk Malgré-Jolie, maar dat weet alleen ik. Jolie wilde niet dat ik een poes nam, vanwege de extra zorg die dat zou geven. Poeh, alsof een stadskat als Malgré zorg nodig heeft! Het is geen hond! Malgré gaat met behulp van het kattenluik helemaal haar eigen heilige kattengang. In ruil voor eten vindt ze het niet erg dat ik ook in mijn bed lig, houdt ze zichzelf schoon en poept ze ergens buiten.

Malgré is overigens ook een excuus, want wanneer je veel alleen bent, zoals ik, dan wil het nog weleens gebeuren dat je hardop gaat lopen praten. 'We gaan maar eens wat doen' klinkt best verdacht als het je het tegen een keukenkastje of de tafel zegt, tamelijk normaal als het tegen de kat is.

Voorlopig zet ik de televisie maar weer aan, maar door de inspanning van het aankleden zijn mijn ogen slecht.

Heel vroeger, toen het allemaal nog moest beginnen, toen kon ik het beeld van mijn linkeroog nog vergelijken met dat van het rechter. Ik kon dus zelf zien hoe rood grijzig werd en details verloren gingen als ik moe werd. Met mijn rechteroog toverde ik tevoorschijn wat ik links niet meer zag. *Ik zie ik zie wat jij niet ziet.* Het grappige was, voor zover grappig, dat ik kon zien hoe mijn hersenen ontbrekende informatie invulden. Zag ik rechts een lichtknopje aan de muur, dan zag ik links een kale muur – maar wel een héle muur. Alsof mijn hersenen dachten: veel muur, dat stukje dat we missen zal dan ook wel muur zijn.

Geinig, hè?

Nu beide oogzenuwen zijn aangevreten door MS, weet ik niet meer wat ik mis. En rijd ik geen auto meer: in het stukje dat ontbreekt en dat ik waarneem als een lege weg, kan zich immers makkelijk een andere auto bevinden, een fietser of een spelend kind? Wat mijn hersenen invullen en of ze dat goed doen, dat weet ik niet, want er is niets meer om te vergelijken. Er zal me ongetwijfeld van alles ontgaan, ongetwijfeld zie ik bijvoorbeeld slechts de helft van de kleuren en de nuances die het journaal nu uitzendt: dat de golven die tegen basaltblokken slaan witgekamd zijn, dat er zeewater stuift en dat het woeste wolkenluchten zijn waartegen de meeuwen op thermiekstromen scheren.

Ergens op een dijk leunen mensen tegen de wind – armen wijd, jassen bol. Ik kruip in een hoekje van de bank en denk aan hoe het is om nu op het strand te zijn. Handen diep in jaszakken, zand en schuimvlokken in de lucht, worstelen tegen de wind in, vliegen met de wind mee. En aan het eind van de wandeling welverdiende warme chocolademelk. *Hè hè, poeh poeh. Lekker was dat.*

Misschien drink ik daarom tegenwoordig zoveel wijn. Die lijkt ook welverdiend, als je maar flink doordrinkt.

Het was het strand waar Felix me die eerste keer mee naartoe nam. Zonder iets te vragen was ik bij hem ingestapt toen hij zonder iets te zeggen het portier van zijn auto voor me openhield. Vragen zouden het bederven.

Toen hij de motor startte, zei hij: 'Nu gaan we echt goede vis eten.' Onderweg keek ik met opzet niet naar de borden bij de afslagen: ik was met Felix op weg naar waar dan ook en dat maakte me gelukkig.

Uiteraard verwachtte ik een restaurant, maar we bleken naar het strand te gaan. Hij stopte op de boulevard, voor een houten keet met vlaggetjes, en lachte met zijn ogen. Aan de voet van de duinen gingen we op het natte zand zitten en aten gebakken vis met witplastic vorkjes uit slappe plastic bakjes. We dronken witte wijn en voerden absurde gesprekken.

'Meeuw drie uur,' zei hij en hij wees met zijn vorkje naar rechts. Er landde een zilvermeeuw op het zand.

'Meeuw laat,' zei ik misprijzend.

'Sorry.'

'Geeft niet. Kan iedereen gebeuren: late meeuw.'

Of ik zei, terwijl we langs de branding liepen: 'Een zeester!', en dan keek hij naar de avondhemel boven ons en zei: 'Waar?'

Flauwe grapjes, vis, zand, zout, hij en ik en uitzicht op de grote, grijze zee – het was net zo zonder toekomst als nu mijn leven is, alleen gaf dat me toen een gevoel van vrijheid en nu juist niet meer.

Toen we terugreden stond er een lifter in de duinen. We namen hem mee, want geluk laat zich goed delen.

'Ook verjaagd door de regen?' vroeg de lifter.

Felix en ik keken elkaar aan.

Regen?

Later die nacht vreeën we, maar eigenlijk hadden we dat allang gedaan alleen maar door naar elkaar te kijken.

Toen we afscheid namen na die eerste keer, toen zei hij: 'Ik bel je.'

Dus zat ik als ik niet aan het werk was – wat toen al steeds vaker was – naast de telefoon en staarde dromerig uit het raam. Eén dag, twee dagen.

Elke minuut van die avond op het strand beleefde ik opnieuw: zijn grapjes waar ik om had gelachen, mijn grapjes waar hij om had gelachen, zijn handen, de eerste kus.

Drie dagen, vier dagen.

Felix als minnaar, elke minuut van die nacht in mijn bed.

Vijf dagen.

Af en toe zag ik hem op het werk en dan lachte hij naar me met zijn ogen, maar hij zei niets.

Ik zocht zijn nummer op. Een vrouw beantwoordde zijn mobieltje met een slaperige stem.

'Toestel Felix,' zei ze.

Ik hing op.

'Natuurlijk,' zei Jolie, die ik als enige over Felix vertelde. 'Natuurlijk, op grond van wat je hebt verteld lijkt het me precies zo'n type.' Ze waarschuwde me om vooral niet op hem te gaan zitten wachten.

Maar wat wist zij er nou van? Hoe kon ik nou níét op hem wachten? Hij was het mooiste wat er nog in mijn leven was! Ik heb in het jaar dat ik hem kende juist heel veel op hem gewacht, want rond die tijd ging het snel bergafwaarts... Ik constateerde dat de afstand die ik kon lopen halveerde, dat ik steeds vermoeider werd, dat hele dagen werken te veel was. Er werd een nieuwe communicatiekundige in huis gehaald bij F&K en mij werd een minder veeleisende functie toebedeeld, met minder harde deadlines. Ondersteunend en coördinerend. Het was een degradatie, maar iedereen bij F&K deed zijn best om het zo niet te noemen. Wel hielden salarisstijgingen abrupt op en kreeg ik geen kans de functie uit te bouwen tot iets belangwekkends. Dat was namelijk niet de bedoeling.

Ik kijk op de klok.

Ik kijk naar de poes.

Ik kijk naar de telefoon.

Ik wacht op Jolie.

Ik wacht op Felix.

Maar Felix is dood.

Volgens het televisiejournaal bereikt het hoogtepunt van de storm ons land pas aan het eind van de middag. Het ergste is dus nog lang niet achter de rug. Ergens op een duin staat een verslaggever, die zich schreeuwend verstaanbaar probeert te maken. Er is schade. Een dode zelfs al, een auto-ongeluk door een omgewaaide boom.

In mijn tuin heeft de wind een witte plastic zak in de ceder geblazen; met mijn halve ogen is het net een grote meeuw, die met één poot verstrikt is geraakt en wanhopig probeert los te komen. Soms leveren slechte ogen bizarre beelden op.

Ik sta op van de bank, zak door mijn linkerbeen, maar herstel me handig met behulp van de schemerlamp. Dat gebeurt zo vaak dat de kap gescheurd is op de plek waar ik hem telkens vastgrijp. Gelukkig is het een lelijke lamp.

Ik pak het kopje dat nog op tafel ligt en breng het naar de keuken. Ik kan namelijk nog best veel zelf. Het wordt pas echt erg als ik hier ga zitten wachten tot iemand een koffiekopje voor me opruimt. Op de tafel blijft het plasje koffie achter dat uit het omgevallen kopje is gemorst en als ik het in de keuken op het aanrecht wil zetten, laat ik het net iets te vroeg los. Het valt op de grond kapot. Nou ja. Laat ook maar.

Door het keukenraam zie ik de postbode op de fiets arriveren. Hij houdt zich vandaag maar nauwelijks overeind, zijn gezicht is wit en zijn neus rood, zijn broekspijpen klapperen om zijn benen en de klep van een van zijn oranje fietstassen flappert als een losgeslagen fok in de wind. Opgelucht stapt hij af en laat de fiets tegen een tuinhek vallen. Dan haalt hij voorgesorteerde postpakketjes uit zijn tas en stopt ze in de brievenbussen die bij elkaar in de kleine, gemeenschappelijke voortuin staan. Ook in de mijne gaat een pakketje. Ik tik op het raam. Zou hij vandaag de post niet even naar de deur willen brengen? Hij hoort me niet in het lawaai van de storm. Ach, Jolie zal straks de post voor me meenemen. Onderweg naar de voordeur schift ze vast de onzinpost en flauwekulfolders. *Efficiency first*, geen energie verspillen aan nodeloze dingen, vindt Jolie.

Maar wat is nodeloos en wat nodig?

De telefoon gaat weer. Onverwacht dit keer; ik weet niet wie het is. Felix? Omdat ik het toestel in de kamer op de bank heb laten liggen, trap ik in mijn onhandige haast om het te bereiken op de zwart-witte staart van Malgré. Ze geeft een schreeuw die me erg overdreven in de oren klinkt. Maar kunnen wij ons iets voorstellen van staartpijn? Van pijn dus aan iets wat we zelf niet hebben?

'Sorry, sorry,' roep ik naar Malgré terwijl ik de telefoon opneem. Tot mijn teleurstelling is het een jonge vrouwenstem die zegt: 'Wat?', en dan: 'Eh... Ik bel alleen maar voor de receptie. Of u naar de receptie komt.'

'Welke receptie?'

'Vanmiddag. Van F&K. Het afscheid van Kolbert,' zegt de vrouw ongeduldig.

Kolbert is een van de partners van het grote consultancybureau. De K, zeg maar.

Ik weet van niks en dat zeg ik ook.

'Er is toch echt een uitnodiging naar u toe gegaan,' zegt de vrouw. 'Per post.' Zo te horen vindt ze post een achterhaald concept en ze voegt er beschuldigend aan toe: 'Uw e-mail doet het namelijk niet.'

Nee, dat klopt, mijn e-mail doet het al jaren niet meer. Heeft niemand dat eerder opgemerkt? Hoeveel aan mij gerichte mailtjes zweven er doelloos in een virtuele *outer space*? Hoe gaat het, nu we het er toch over hebben, met de avatar die ik ooit liet rondwandelen op Second Life? Is die weg, loopt ze nog rond of hangt ze als een levenloze pop ergens op een niet-bestaand bankje in een niet-bestaand park? Ligt ze in een niet-bestaande goot misschien?

En een uitnodiging voor een receptie... Ik krijg zelfs geen kerstkaartjes meer van mijn voormalige werkgever, hoewel niet valt uit te sluiten dat die tussen de onzinpost zitten die door Jolie wordt *uitgesorteerd*.

Ik krijg kramp in de hand waarmee ik het telefoontoestel aan mijn oor houd. Het is mijn schrijfhand.

'Komt u?' vraagt de stem aan de telefoon met een vervelde zucht. 'Ik moet de gastenlijst checken, ziet u, voor de catering. In verband met het weer. Er is een lopend buffet.'

Zelf verheugt ze zich er kennelijk erg op, maar voor mij kan ze het niet minder uitnodigend formuleren. Wat moet je met een lopend buffet als je niet lopen kunt? Kijken naar lekkere dingen buiten je bereik? En wat moet je op een receptie die ongetwijfeld een *staande* receptie zal zijn, als je moeite hebt met staan? Luisteren naar wat zich boven je hoofd afspeelt?

Ze is echter van na mijn tijd, ze weet niet wie ik ben en hoe ik erbij zit. Ik mompel wat en houd me op de vlakte.

'Nou ja,' zegt ze ten slotte, 'zie maar.' Het zal haar worst wezen of ik wel of niet kom. Ze voert alleen maar een opdracht uit en moet vast nog tig telefoontjes plegen.

Toen ik Felix ongeveer een halfjaar kende, vond ik mezelf op een dag terug op de wc van F&K met mijn wang tegen de koude betegelde muur omdat ik zo moe was, zo onvoorstelbaar moe... De bedrijfsarts zei vriendelijk: 'Nu is het tijd serieus te overwegen om helemaal te stoppen.' Ze zei ook nog: 'Ga leuke dingen doen.'

Ik vond mijn werk leuk, toevallig.

Jolie was boos toen ik uiteindelijk stopte. Ze zei dat ik niet wist wat ik deed, dat ik bijna veertig was en single... Als ik stopte met werken, dan zou ik vereenzamen, zei ze, dan zou alles wegvallen. Ze was ervan overtuigd dat ik me nutteloos zou gaan voelen en buiten de samenleving zou komen te staan. Het was een verkeerde keuze, vond Jolie.

Zelfs mijn zusje kon ik dus maar moeilijk duidelijk maken dat het met *kiezen* niets te maken had. Ze kreeg overigens wel gelijk, want eenzaam werd ik inderdaad. Mijn werkgerelateerde sociale netwerk bleek bijna mijn héle netwerk te zijn, dat oploste als suikerkristallen in water. Uit het arbeidsproces bleek uit het oog uit het hart. Natuurlijk waren er in het begin nog wel collega's en andere vrienden die langskwamen of me mee uit namen, maar ik vond dat al snel te vermoeiend en bovendien te verdacht. Ik sprak steeds minder af, nam steeds vaker de telefoon niet op en beantwoordde geen brieven meer. De aandacht leek me ramptoerisme, met mij als ramp (maar een leuk YouTube-filmpje leverde deze ramp natuurlijk niet op).

Ik laat de telefoon uit mijn handen vallen en denk aan de scherven van het koffiekopje op de keukenvloer. Dan denk ik aan de receptie. Op de receptie zullen mensen zijn die Felix Keeper hebben gekend.

Malgré loopt de kamer in, haar kattensmoeltje nog steeds verwijtend vanwege die staart. Ik aai haar en raap de telefoon van de grond. Ging hij nog maar een keer over, zei hij nog maar een keer *mijn lief*, gaf hij nog maar een keer hoop... Mijn lief. Felix zei zelden dat hij van me hield, nooit dat hij zou blijven en noemde me maar een keer zijn lief. Dat was toevallig de laatste keer dat ik hem zag.

Ik ga op de bank liggen en kijk naar het plasje koffie dat op tafel is achtergebleven. Het wordt hoog tijd dat ik me verman. Nu, niet straks. Ik moet ervoor oppassen dat moe lui wordt, namelijk.

Toen de neuroloog voor het eerst over de diagnose MS sprak, gebruikte hij ter inleiding voorzichtige bewoordingen en medische termen die ik allemaal verstond, omdat ook ik, net als de rechter voor wie ik jaren later verscheen, ooit Latijn heb gehad.

We zaten in zijn spreekkamer, met een groot bureau waarop plastic hersenen stonden en een wervelkolom, die er echt uitzag en waarvan ik hoopte dat hij ook van plastic was. De neuroloog droeg een witte jas, net als de verlegen coassistente die met neergeslagen ogen in een hoekje zat.

Aan de diagnose waren tientallen onderzoeken voorafgegaan, van lumbaalpuncties tot functietesten (MRI-scans waren meer dan twintig jaar geleden nog niet altijd en overal beschikbaar). De onderzoeken moesten vertellen waarom een bril me niet hielp om beter te zien, waarom mijn voetzolen tintelden en mijn vingertoppen ook, en waarom ik – nog maar vierentwintig – steeds zo moe was. De huisarts had me met een zorgelijk gezicht naar een oogarts verwezen, de oogarts met een zorgelijk gezicht naar een neuroloog.

De neuroloog gaf een korte samenvatting van de onderzoeken, de uitslagen en de diagnose, en vervolgens een lange opsomming van de consequenties.

'Dus,' besloot hij, 'vanaf nu je energie uitsluitend besteden aan leuke dingen!' Net als die bedrijfsarts, jaren later, en Jolie was het met hen eens. Gemakshalve ging iedereen voorbij aan de sterfelijkheid van ouders en andere geliefden, en dus aan de kostbare energie die ik zou kwijtraken aan zoiets niet leuks als het bijwonen van de crematie van mijn vader en de begrafenis van een te jonge vriendin. Zoals ze ook voorbijgingen aan het feit dat ook de 'leuke dingen' buiten mijn bereik kwamen te liggen, namelijk zo'n beetje alles wat ik vroeger zorgeloos en onbekommerd deed.

Intussen stroopte ik mijn mouwen op. Nu wist ik in elk geval wat de uitdaging was. Jolie regelde een second opinion in een academisch ziekenhuis – hoewel ik daar eigenlijk helemaal geen zin in had, want zo'n onderneming viel onder de niet-leuke dingen die me juist waren afgeraden. Weer wachtkamers, weer onderzoeken en – natuurlijk – weer een slechtnieuwsgesprek. Dat ik het deed was om Jolie de mond te snoeren, want zij bleef zeuren dat ik moest laten zien dat ik het gevecht aanging, dat ik moest laten zien dat ik me niet zomaar gewonnen zou geven.

De second neuroloog zei: 'Het spijt me voor u, maar het is zo goed als uitgesloten dat u géén MS hebt.' Toen schrok ik. Niet vanwege de diagnose (die kende ik al), maar vanwege zijn meelevende blik. Ik was vierentwintig en wist toen nog niet dat er iets erger is dan het medelijden van een arts: erger is het als hij afstand neemt en zich verbergt achter een professionele distantie. Dat is pas een veeg teken. Begrijpelijk ook: een arts kan het zich natuurlijk niet veroorloven persoonlijk geraakt te worden door alle ellende. Er is immers nog een volle wachtkamer.

'MS kan ook heel mild verlopen,' zei de second neuroloog toen hij me de hand drukte bij het afscheid.

Kan.

Dat is nu al bijna vijfentwintig jaar geleden. Ik was nog hartstikke jong. Na de diagnose zat ik een tijdje te wachten op de diepe inzichten en de wijsheid die verondersteld worden te komen in zo'n situatie, maar er bleek alleen een 'O' en veel vragen. Wat wist ik tenslotte van MS? Dat was iets wat de buurvrouwen van anderen hadden en de broer van de moeder van een kennis. De enige verandering die ik aanvankelijk constateerde was dat ik er conservatief van werd, hoe jong ik ook was. Vage plannen voor een jobswitch gingen de ijskast in, concrete plannen om te verhuizen naar een groter huis van de baan. (Er kwam later toch een verhuizing, maar die was naar een kleinere en vooral drempelloze woning.) Ik denk dat mijn onbewuste redenering was: als ik alles nou maar bij het oude laat, dan is de kans om iets kwijt te raken kleiner.

Toen Jolie na het academisch ziekenhuis nog met diëten kwam, en met acupuncturisten en holistische schildercursussen, toen trok ik de streep en legde haar en alle anderen die met alternatieven kwamen het zwijgen op. Ik ging van patiënt-zijn niet een dagtaak maken. Waarover hadden we het tenslotte? Misschien zag één oog wat minder helder, misschien waren er wat rare tintelingen in mijn vingers en voetzolen – maar ziek? Ik?

De holistische schildercursus heb ik uiteindelijk nog wel geprobeerd omdat ik van tekenen hield, maar de cursusleider was blij toen ik er na een paar weken mee stopte. In plaats van kleurige mandala's schilderde ik uitsluitend poepbruine, kwaadaardige vogels met jaloerse gele ogen. Ze joegen mijn enigszins labiele medecursisten schrik aan.

Nu kan ik niet eens meer een kwast vasthouden.

Ik ben op de bank in slaap gevallen en droom dat ik een opgezet konijn aai. Langzaam wordt het harde vulsel warm en zacht. Ik aai een opgezet konijn tot leven. Wanneer ik wakker schrik, kijk ik naar de klok. Tien voor halfeen.

Dat kan niet.

Waar is Jolie?

4

IJsberen

Ik kan haar niet bereiken, dus ik zeg tegen de voicemail van haar mobieltje: 'Jolie, waar ben je? Laat even weten waarom je er nog niet bent.'

Ik spits mijn oren of ik haar auto hoor aankomen, maar er is te veel lawaai buiten. Het regent niet meer, maar de storm neemt nog steeds toe en giert om de flats achter mijn huis. Zo nu en dan wordt het schemerig, alsof de avond valt, met donkere wolken die tegen lichte luchten om hun as draaien, lichte wolken die onder donkere door jagen. Het is wel mooi.

Verdomme. Ze snapt toch wel dat ik me ongerust maak als ze niet op tijd is? Jolie is altijd op tijd en het is al vijf voor halfeen! Jolie komt altijd om twaalf uur. En ook van Ada kun je op aan. Daar kun je op bouwen. Felix kwam steeds onverwacht. Dan belde hij en zei: 'Keeper. Wat doe je?' Dan maakte mijn hart een buiteling, en wanneer hij zei dat hij me kwam halen, rende ik naar de spiegel en zag mijn ogen glanzen. Nu zou ik niet meer naar de spiegel rennen. Soms ben ik blij dat Felix me niet meer kan zien: vermoeidheid en verdriet hebben in de afgelopen jaren grauwe lijnen getekend.

Eén keer zei hij toen ik in zijn auto stapte: 'Oesters. In Parijs.'

Ik schrok. Het was een heel romantisch idee natuurlijk, maar... Ik had toen al beperkingen, hoewel die zich nog lieten verbergen. Dat van die MS had ik hem nog niet verteld. Vind daar maar eens een moment voor.

Hij zag mijn geschrokken gezicht en lachte.

'Lafaard,' zei hij.

'Nee,' zei ik. 'Niet laf. Bang.' Toen vertelde ik wat er aan de hand was. Wat er mis was met mij.

Hij zweeg en keek door de voorruit van zijn auto naar buiten. Ik herinner me dat de ruitenwissers aanstonden, dus het zal wel geregend hebben.

Nu is het over, dacht ik. Daar begint hij niet aan. Hij had een leuke flirt in gedachten, met een leuke vrouw – niet met de bak ellende die ik eigenlijk ben.

Hij zweeg nog steeds.

Toen dacht ik: hij vraagt straks wat het is. En of het besmette-lijk is.

Hij zweeg nog langer, zuchtte uiteindelijk en zei: 'Daar ben je veel te leuk voor.'

'Jammer genoeg zijn er veel leuke mensen met MS,' zei ik, soli-dair met al die anderen.

Hij lachte en zei: 'Oesters. In Amsterdam. En ik breng je van-avond weer veilig thuis.'

We hebben er die avond niet meer over gesproken, en aan de buitenkant zag je niets; aan de buitenkant waren we een buiten-gewoon vrolijk stel dat elkaar voortdurend aan het lachen maak-te. Was die man niet politicus of zo, zag je mensen zich soms af-vragen (Felix was in die tijd weleens op tv). Dan stelde ik me voor dat ze dachten dat die vrouw aan zijn tafeltje ook wel iets bijzon-ders zou zijn, een beroemde spindoctor of zo.

Maar Felix en ik letten vooral op elkaar. We waren allebei le-zers, van boeken en van kranten, en we spraken over literatuur en de wereld en politiek, discussieerden over werk en over het leven, lachten om goden, goeroes, elkaar en de dood. We daagden el-kaar uit; zijn lach maakte me grappig, zijn teksten maakten me scherp en zijn ogen maakten me mooi. Dat is waarop ik altijd ben blijven wachten. Zo was ik op mijn best.

Wel herinner ik me dat ik me die hele avond heb zitten afvragen: laf of bang? Zoals ik me ook altijd afvraag: moe of lui? Bij het toetje vroeg ik naar de vrouw die de telefoon had opgenomen.

Hij viel stil en tuurde door het raam naar de gracht.

'Dat is een aflopende zaak,' zei hij.

Ik wist dat hij loog, dus het was echt niet dat ik daar intrapte zoals Jolie later zou zeggen; het kon me simpelweg niet schelen. Felix was een man om te beminnen, niet om te bezitten, en de uren die ik bij hem was vond ik alle uren die ik op hem zou wachten waard. Was geluk niet als los zand, dat je niet te stevig vast moet willen houden? Ik was, met andere woorden, vreselijk verliefd.

'Je bent niet laf,' zei hij toen hij de volgende morgen afscheid nam, alsof hij wist waaraan ik de avond daarvoor had zitten denken.

Jolie sloeg haar ogen ten hemel toen ik haar over het etentje vertelde.

Halfeen.

Ik probeer het opnieuw.

'Jolie! Bel even terug! Ik ben ongerust!'

Net nu ik iets te bespreken heb! Net nu ik iets te vragen heb: of het heel misschien mogelijk is dat ze me naar die receptie brengt? Of me meeneemt, misschien, als ze zelf ook van plan is te gaan... Jolie werkt tegenwoordig immers zelf bij F&K, ze heeft er een goedbetaalde functie op de juridische afdeling. Aangeboden door mensen die ze kende en die haar kenden. Van vroeger. Via mij.

Het zou voor het eerst zijn sinds mijn definitieve afscheid dat ik terugkom bij F&K. Elke keer als ik plannen in die richting maakte, was Jolie er om me te herinneren aan de gepensioneerde collega's die soms onverwacht op de koffie kwamen. Ze arriveerden in de verwachting dat iedereen het leuk zou vinden de grondleggers van het bedrijf terug te zien en verhalen te horen over vroeger. Waar ze steevast op stuitten was een muur (*enig, maar sorry, het is nu net even heel druk*) van herplaatste bureaus, heringerichte kantoren, nieuwe gezichten, nieuwe gewoontes (*nee, roken doen wij hier al jaren niet meer*) en een heel nieuwe taal.

Jolie had gelijk: dat moest ik mezelf niet aandoen als nog-niet-eens-vijftig-en-toch-al-gepensioneerde. Weg is weg, men moet voort, niet terug.

Vijf over halfeen.

Het zal toch niet waar zijn: Felix weg en nu ook nog mijn zusje weg! Misschien zit ze ergens vast door de storm? Misschien staat ze in een file omdat er ergens een vrachtwagen omver is geblazen of omdat er een boom over de weg ligt? Maar dan zou ze toch van zich laten horen? Zo is ze, op Jolie kun je bouwen, Jolie is betrouwbaar, want Jolie is trouw. Jolie komt nooit te laat, ze kwam zelfs een paar dagen te vroeg ter wereld. Maar dat was misschien omdat ze was voorbestemd om op een zondag geboren te worden.

Mijn geboorte was vier jaar eerder, op een maandagmorgen.

Toen Jolie ter wereld kwam, moet mijn moeder haar (net zoals ongetwijfeld mij, vier jaar eerder) snel gescreend hebben op onmiddellijk zichtbare afwijkingen als klompvoetjes, spasmes, spina bifida en schisis. Dat stel ik me in elk geval zo voor. Ze hield vast overal rekening mee, want als leerkracht op een net opgerichte tyltylschool werkte ze dagelijks met kinderen met wie iets mis was. Mijn moeder wist als geen ander dat een 'gewoon gezond' kind helemaal geen vanzelfsprekendheid is.

Inderdaad, ja, daarin werd ze jaren later bevestigd.

Gelukkig stonden de deuren naar de rest van Jolies leven wijd open. Al waren er natuurlijk bij aanvang wel al gesloten deuren: ze was geen jongetje en zou het dus later zonder *old boys network* moeten doen, ze had naar zou blijken geen talent voor muziek en ook geen aanleg voor wiskunde. Maar dat gold allemaal ook voor mij.

Vlak nadat Jolie het leven krijsend tegemoet trad, werd ze in een roze dekentje gewikkeld en kwam ik binnen aan de hand van de moeder van mijn moeder. Ik was vier en droeg een overgooier met kleine ruitjes boven een witte maillot en zwarte lakschoentjes met een bandje over de wreef. Dat weet ik van foto's.

'May,' zei mijn moeder, 'dit is nou je kleine zusje Jolie.'

'Sjoollie...' herhaalde ik aarzelend, en ik vond het een rare naam.

De volgende die arriveerde was mijn vader. Hij was te laat, want ook mijn vader hield er andere kinderen op na: hij was een maatschappelijk werker die in die tijd nog met twee voeten in de praktijk stond (later zou hij doorstijgen naar functies die meer met politiek dan met probleemgezinnen te maken hadden). Dit keer was hij opgehouden door een kind dat al maanden in de huiskamer van zijn psychotische moeder aan een tafelpoot vastgebonden bleek te zitten.

Ja, Jolie en ik hadden heel wat concurrentie in onze jeugd. De spreekwoordelijke kindertjes die blij zouden zijn met wat er op onze borden achterbleef, hadden in ons gezin een voor- en een achternaam. De jeuk van waterpokken, het verdriet van geschaafde knieën en het drama van een onthoofde barbiepop vielen weg tegen het lijden van een blind, doof en ook nog eens debiel kind. Die waren zielig, niet wij. Wij niet. Dat snapten we, en als we het even vergaten, werden wij er woordeloos op gewezen met een ouderlijke blik die boekdelen sprak. Wat we daarvan leerden als kind is niet te zeuren. Althans, niet hardop.

Tien over halfeen.

Mayday!

Komt van *m'aidez.*

SOS!

Komt van *save our souls,* maar dat schijnt ook weer niet waar te zijn.

Ik weet een hoop triviale dingen, ik weet van Aesopos en Socrates, ik spreek vijf talen minstens enigszins, maar dat gaat me nu allemaal niet helpen. Ik sta op, loop naar het raam en leg mijn handen tegen het koude glas. Ik wil eruit! Ik durf er niet uit!

Om tien voor één zit ik weer op de bank. In mijn hoofd ligt de boom inmiddels niet meer over de weg, maar boven op een verkreukelde auto en Jolie zelf verkreukeld tegen de voorruit.

Ik stel me voor dat ik mensen bel, die geruststellend roepen: 'Joh, het is een puinhoop in Nederland! Er waaien hele zendmasten om, dus misschien ligt haar netwerk eruit en doet haar mobieltje het gewoon even niet. Ze zal zo wel komen, ze is toch nog maar een beetje te laat?'

Niet.

Al bijna een uur.

Mijn moeder durf ik niet te bellen, die zou zich maar ongerust maken daar in Spanje. Sinds mijn vaders dood is Jolie haar steun en toeverlaat en Jolie is bovendien de moeder van haar kleinkinderen.

Ik wou dat ik kon ijsberen, maar niet alleen vanzelfsprekend verplaatsen houdt op wanneer je slecht gaat lopen: je kunt ook niet meer ijsberen, kuieren en trappelen van ongeduld. Nooit zal ik meer flaneren, huppelen, de pas erin zetten of een gat in de lucht springen. Ik kan niet meer doordraven, niet meer dansen en niet meer voor muziek uit marcheren. Wanneer je niet goed kunt staan, kun je ook nergens meer op stáán. Of ergens voor instaan. Of ergens achter staan.

Wat blijft? Bij de pakken neerzitten en je daarbij neerleggen.

Eén uur.

Buiten wervelen nu ineens woeste witte hagelkorrels en in de verte klinkt onweer.

Kwart over één.

Mijn gedachten tobben nu een andere kant op. Hoe hebben we afscheid genomen? Heb ik iets verkeerds gezegd? Is ze boos? Misschien heb ik Jolie te veel als vanzelfsprekend beschouwd. Hoe vanzelfsprekend is het dat je zusje er voor je is terwijl je helemaal niets terug kunt doen? Dat ze het op zich neemt de boodschap te doen die ik vergeten ben te bestellen, dat ze voor me naar de apotheek gaat, de planten water geeft en een blikje openmaakt voor de poes? Jolie veegt bladeren van de stoep en doet de was, vult formulieren in, schrijft adressen op enveloppen, knipt mijn nagels en mijn haar, brengt lege flessen naar de glasbak en draait jampotjes open. Dat alles doet ze tussen haar eigen drukke bedrijven door (en dat zegt ze er ook altijd bij).

Ze is ermee begonnen toen er in de briefjes die ik meesleepte van en naar huisartsen, specialisten en fysiotherapeuten, kwam te staan: 'Patiënte is bekend met een forse MS.' Het was de tijd dat ik afscheid nam van F&K en er een rolstoel mijn leven binnenreed. De tijd van Felix.

Maar pas sinds de dood van onze vader heeft Jolie het op zich genomen elke dag te komen. Alleen in het weekend komt ze niet en dan blijven eventuele jampotjes dus gesloten. Maar dat went. Het weekend is voor Jolies eigen gezin, want natuurlijk kreeg zij kinderen – zij wel. Drie zoons, met wier geboorte ik officieel de tante met MS werd. Jolie is de geluksvogel. Het zondagskind.

Het leeftijdsverschil tussen Jolie en mij maakte dat Jolie het eerste jaar van haar leven doorbracht als mijn pop: toen ze in mijn kinderarmen werd gelegd, liet ik haar tot schrik van mijn ouders onbehouwen op en neer schommelen om te zien of haar ogen open- en dichtgingen. Later hees ik haar in de kleertjes die eigenlijk van mijn poppen waren en gaf haar, als mijn moeder even niet oplette, de melk en de yoghurt die ik in de ijskast vond.

Zelf heb ik daar natuurlijk geen herinneringen aan: ik heb het uit verhalen. En ik heb de foto's van een bolle baby die in merkwaardige kledingstukken bij me op schoot zit. Op sommige foto's houd ik de baby op haar kop.

Er kwam pas een eind aan Jolies speelgoedbestaan toen ze twee werd en te flink voor zelfs de grootste maat poppenkleren die ik had. Ze hield bovendien op om willoos te zijn, en om een einde te maken aan de schreeuw- en krijspartijen gaven mijn ouders mij een hond. Onmiddellijk verschoof ik mijn aandacht van Jolie naar de geduldige labradorpup Fidel. Al na een paar weken stond hij geheel onder mijn appel (al was ik nog maar zes en niet veel groter dan het beest zelf). Riep ik 'poot' dan gaf Fidel een poot en riep ik 'dood' dan ging hij liggen en keek lijdzaam naar me op. Ook de hond kreeg poppenkleren aan. Je kunt dus ook zeggen dat Jolie haar eerste levensjaar een hond was. En dat ze jaren later hulphond werd.

Halftwee.

Misschien had ik meer moeten luisteren naar haar adviezen en wat minder moeten protesteren. Misschien had ik tegen haar moeten zeggen dat het niet haar schuld was dat ik niet bij mijn vaders sterfbed was. Of was ik nou toch maar aan dat dieet begonnen dat ze laatst uit de krant haalde... Misschien had ik ook gewoon aardiger moeten zijn, niet alleen voor Jolie, maar ook voor iemand als Ada of hoe-heet-ze-nou-ook-alweer van de prikdienst. 'Die mensen doen zó hun best voor je...' Eigenlijk loop ik altijd op iedereen te mopperen, alsof iedereen iets aan mijn situatie kan doen. Terwijl ik niet zonder iedereen kan.

Kan ik een dag zonder Jolie? Natuurlijk wel. Er is water in de kraan en er is eten genoeg in huis, en de post die in de brievenbus zit heeft vast geen haast. Waar ik hooguit last van zal hebben is het idee van de post in de brievenbus, het idee dat er uitgerekend vandaag iets moois of spannends tussen zit. Iets als 'mijn lief'.

Ik ga rechtop zitten en veeg de koffie die op de tafel is achtergebleven weg met de mouw van mijn sweater. Daarna laat ik me weer achterovervallen. Ik heb de neiging mijn duim in mijn mond te steken. Want: ik doe toch m'n best? En: het is toch ook allemaal hartstikke moeilijk? Over de armleuning van de bank heen zie ik in de tuin de witte plastic zak zich losscheuren van de ceder. Hij verdwijnt walsend en wervelend uit mijn blikveld.

Niet zeuren.

Ik duw mezelf overeind en laat mijn kin op mijn borst vallen (dat tintelt akelig in handpalmen en voetzolen). Nu pas zie ik dat mijn sweater binnenstebuiten zit en dat de koffie een wel erg vieze vlek op de mouw heeft gemaakt. Ook moet ik de scherven van het koffiekopje op de keukenvloer nog opruimen.

Geen wonder dat iedereen doodmoe van me wordt.

Zelfs ik word moe van mij.

Kwart voor twee.

Dit is de tijd dat Jolie normaal allang weer weg is en ik een middagslaapje doe, zodat ik 'vanavond nog iets overheb' (alsof er vanavond iets te gebeuren staat). Maar nu... Moe ben ik wel (ik ben altijd moe), maar ik denk niet dat ik kan slapen. Het voelt onnatuurlijk, zo zonder dat Jolie is geweest. Bovendien maakt de wind buiten veel te veel lawaai.

Ik stel me voor dat ik de politie bel en dat ze zullen zeggen: 'Ja, er gebeuren vandaag natuurlijk overal ongelukken, mevrouw! Nee, informatie over wie daarbij betrokken is, kunnen we niet geven. En nee, iemand die anderhalf uur te laat is op een afspraak, is niet vermist. Zeker niet op een dag als vandaag.'

Het is twee uur.

Dus Jolie is boos. Dat is ook niet zo gek. Jolie is weliswaar een zondagskind, maar ze heeft één pech: ze heeft een zus met MS. Ik ben de pech van Jolie. Niet vroeger, hoor. Het feit dat ik de oudste was en dat onze ouders allebei werkten, maakte ons tot sleutel-kinderen avant la lettre en mij tot degene met de sleutel. Zo ongeveer het eerste zinnetje waarover mijn zusje beschikte, was: 'May doen.' Dat zinnetje ging gepaard met een overtuigende pruillip en dan overhandigde ze me zoiets als de per ongeluk onthoofde barbiepop.

En May repareerde de barbie, met een grote klodder Bisonkit.

May wist de weg naar school.

May overhoorde huiswerk.

May schonk bekers melk in en smeerde boterhammen.

Dat deed ik allemaal tussen mijn eigen drukke bedrijven door (en dat zei ik er ook altijd bij). Eigenlijk was het echter niet on-aangenaam om alles te kunnen en alles te weten – al was het maar in de ogen van mijn kleine zusje.

MS draaide de verhouding honderdtachtig graden om.

'Jolie doen.'

Zo help ik niemand.

Ik ga overeind zitten en sta op van de bank om via de schemer-lamp weer naar de keuken te gaan. Zo goed mogelijk ruim ik de scherven van het koffiekopje op en kijk dan naar de brievenbus buiten. Kom op, dat kun je wel, al stormt het.

Ik haal het sleuteltje van de bus uit de keukenla en open, als ik het weer heb opgeraapt, de buitendeur. Net als vanmorgen wordt hij door een windvlaag gegrepen en slaat hij met een knal tegen de muur. Het verschil met vanmorgen is dat ik deze keer nog aan de deurklink hang. Vanaf de keukenvloer spied ik naar de winderige straat. Gelukkig niemand te zien. Vallen is zo gê-nant. '... *want zij behoort al kruipend tot de dieren,/ die voortbewegen op hun voet en hand.*' Daar heb je Achterberg weer, maar het gedicht gaat niet over invaliden en ik zou moeten nakijken hoe het verdergaat. Soms heb ik er spijt van dat ik al mijn boeken, inclusief de dichtbundels, een paar jaar geleden naar De Slegte heb laten brengen. 's Nachts zie ik ze nog weleens gaan in hun dozen – als een lange stoet kleine lijkkisten verlieten ze het huis.

Ik krabbel overeind en overzie het traject dat ik moet afleggen. Minstens tien meter, anders mochten we de brievenbussen gewoon lekker aan huis hebben. Welke gek heeft dat verzonnen voor huizen die bedoeld zijn voor mindervaliden? Een dagelijkse krant heb ik er al om opgezegd.

Onderweg zijn er alleen het ding onder een zeiltje, de grijze en de groene vuilcontainer als steun.

Kom op.

De wind is hard en onverwacht koud, zodat hij me de adem beneemt. Mijn rechterhand kan gelukkig net het ding onder het zeiltje vastpakken. Nu naar de grijze container, dan naar de groene en dan nog het stukje naar de brievenbus. Trots (gelukkig net zo inflatoir als schaamte) frunnik ik de sleutel in het slotje en open de klep. Al die moeite voor een huis-aan-huisblad, een reclamefolder en de energierekening die automatisch wordt afgeschreven.

Maar toch.

Het is wél gelukt.

Nu terug.

Geholpen door een windvlaag draai ik me op mijn wankele benen om als een blad in de wind, linkerhand vooruit, op naar de groene container. Helaas kiept die om en door de val klapt het deksel open. Jolie heeft de container voor oud papier gebruikt, niet voor het keuken- en tuinafval waarvoor hij is bedoeld! Kennelijk zet ze hem nooit aan de straat en haalt hem maar zelden leeg: er vliegt jaren aan oud papier door de tuin. Kranten en folders fladderen rond, enveloppen waaien de straat op.

Links en rechts grabbelend probeer ik de schade te beperken, maar een poging om de container weer overeind te zetten doe ik niet. Kruipend trek ik me terug in mijn huis, het stapeltje bijeengegraaide folders tegen mijn borst geklemd. Alles wat er in de tuin in bomen, struiken en goten blijft hangen zal iemand anders moeten opruimen. Sorry!

Tegen de tijd dat ik de buitendeur heb dichtgeworsteld, komt poes Malgré verbaasd kijken wat ik aan het doen ben.

'Ga eens een kopje thee voor me maken,' zeg ik buiten adem tegen haar.

Om kwart over twee zit ik uitgeput op de bank in de huiskamer en wacht – alleen weet ik nu niet meer zeker waarop. Jolie laat nog steeds niets van zich horen. Ik zet de televisie op de regionale zender in de hoop dat er nieuws is dat haar afwezigheid verklaart. Inderdaad een omgewaaide zendmast? Afgesloten weg? Een uit het lood geslagen brug met een alle records brekende file ervoor? Bij beelden van een kettingbotsing en een te water geraakte auto zap ik weg en constateer dat ook op de nationale zenders de storm alles heeft weggeblazen (binnen- en buitenland). Verdwenen zijn oorlogen, arbeidsconflicten en ook winstwaarschuwingen, op een dag als deze is er zelfs geen aandacht voor integratieproblematiek of terroristische dreigingen.

Mijn werkelijke kennis van zaken als integratieproblematiek houdt overigens op bij mijn buurman – sinds een paar jaar een Iraniër, met wie ik weinig contact heb omdat hij nauwelijks Nederlands spreekt. Ik weet niet eens waarom hij hier woont. Deze huizen waren toch voor mindervaliden? Misschien dat ze nu ook als asielzoekeropvang worden ingezet.

De Iraniër is een beer van een man met een gezicht dat er altijd uitziet alsof hij zich eergisteren geschoren heeft. Hij heeft donkere ogen. Afgelopen zomer stapte hij een keer over het lage heggetje dat onze tuinen scheidt toen ik even buiten in de zon zat.

Hij maakte een soort buiging en zei: 'Ibrahim oet Iran.'

Daarom weet ik dat hij een Iraniër is.

Vriendelijk, maar op mijn hoede (ik ben bang voor alles wat sterker is dan ik, en dat is tegenwoordig de hele wereld), knikte ik naar hem.

'Keen Niederlands,' zei hij daarna met een verontschuldigend gebaar, en omdat ik geen woord Perzisch spreek, hield het gesprek daar op. Toen hij later had gezien hoe ik liep, maakte hij er een gewoonte van om tegelijk met zijn eigen grasveldje het stukje gras achter mijn huis te maaien. Als hij bezig is, zwaai ik hem door het raam zo dankbaar mogelijk toe. Had ik nog een werkende computer met internet, dan zou ik opzoeken hoe je *dank u wel* zegt in het Perzisch.

5

Stampvoeten

Halfdrie. Wat nu? Eten? Eten vergeet ik net zo vaak als mijn handicaps; ik weet niet of mijn gebrek aan honger toe te schrijven is aan gebrek aan lichamelijke activiteit of dat ik honger simpelweg niet meer registreer. Mogelijk heb ik iets te veel afstand genomen van mijn lichaam; ik probeer immers al jaren niet meer te voelen wat ik voel omdat ik dan makkelijker kan buitensluiten wat ik niet voelen wil, zoals pijn in mijn spieren. En wat ik niet meer voelen kan, zoals dove vingers. Ik wil alleen nog maar uit denken bestaan, in plaats van dat ik denk, dus besta. Een onontvankelijk lichaam. De laatste die het wakker kuste was Felix, en Felix is al negen jaar dood.

Ik hijs me overeind om in de keuken een boterham te gaan smeren. De telefoon neem ik mee. De eerste klodder halvarine (goed voor hart en bloedvaten volgens Jolie) komt op mijn sweater terecht, de tweede valt op de grond. Een mes is tegenwoordig een onhandig ding. Met een vaatdoekje laat ik me op de grond zakken om de halvarine op te vegen. De kranten en folders die ik mee naar binnen heb genomen liggen ook nog op de vloer en ik graai ze bijeen nu ik toch beneden ben. Ik maak er een slordig stapeltje van. Veel reclame, zie ik, een paar bedelbrieven voor goede doelen en – verdomd! – een envelop van F&K. Waarom heeft Jolie die weggegooid? Het is een kerstkaart. Kerst was vier maanden geleden. De uitnodiging voor de receptie vanmiddag zal dus ook wel ergens rondzwerven; hier in de keuken kom ik hem niet tegen, maar waarschijnlijk is hij ergens in een goot beland of hangt hij halverwege een liguster. Jolie zal wel denken dat het een pijnlijke herinnering voor me is, een die me beter bespaard kan blijven.

Het klopt natuurlijk niet dat ik mijn leven zo door Jolie laat bepalen. Dat ik fysiek niet zoveel meer voorstel, betekent toch niet dat de rest van mij ook te verwaarlozen is? *Quantité négligeable?* Maar als ik er iets van zeg, dan zal ze antwoorden: 'Ik probeer het alleen maar makkelijker voor je te maken.' Ze zal zeggen dat ze haar best doet om me te beschermen tegen teleurstellingen en verdriet.

Door ons leeftijdsverschil leefden Jolie en ik lang in verschillende werelden: tegen de tijd dat zij uit de luiers kwam, kon ik al lezen; toen Jolie leerde lezen maakte ik zelfstandig werkstukken over De Hond en Het Paard, en toen ik kennismaakte met goniometrie en Franse woordjes, kopieerde Jolie mijn werkstukken over De Hond en Het Paard.

Mijn ouders werkten intussen nog steeds heel hard: mijn vader steeg door naar beleidsregionen (met steeds meer vergaderingen in de avond) en ook mijn moeder bleef werken, de kinderen trouw die haar tyltyl- en inmiddels ook een mytylschool bevolkten. Toen ik taalwetenschappen ging studeren, kwam ik er stomtoevallig in een van de eerste colleges achter dat Tyltyl en Mytyl niet, zoals ik altijd had aangenomen, medische problemen waren of een bepaald soort leerafwijking, maar dat het twee kinderen zijn uit een sprookje van ene Maeterlinck. In het verhaal zijn ze op zoek naar een blauwe vogel, waarmee ze een ziek meisje moeten redden...

Toen ik ging studeren, ging ik op kamers. Jolie liet ik achter en ook Fidel, inmiddels een hoogbejaarde, astmatische, reumatische en volgens mij ook afatische oude hond. Riep ik 'poot', dan ging hij liggen, en 'dood' durfde ik niet meer te roepen. Jolie ontfermde zich over hem, gaf hem eten en hielp hem in zijn mand, waarvan op een dag de rand te hoog werd voor zijn stramme poten. Ze dweilde de plasjes op die hij per ongeluk liet lopen. Fidel als voorafschaduwing.

Op zoek naar brokjes komt Malgré ook weer de keuken in. Gezellig, vindt de poes, zo samen op de keukenvloer en ze likt het restantje van de halvarine op. Daarna geeft ze kopjes tegen mijn kin. Als ik op de grond zit, denkt ze dat ik een medepoes ben.

Ik aai haar en ze begint luid te spinnen. Ja, poes, je hebt gelijk: het wordt hoog tijd dat ik mijn leven weer in eigen hand neem, al is het een zwakke en soms licht spastische hand. Niemand heeft het recht mijn post te censureren.

Als eindelijk de telefoon gaat, sta ik niet op maar kruip naar de keukentafel en reik boven mijn hoofd.

Gelukkig.

Het is Jolie.

Het is kwart over drie.

Zo te horen staat ze ergens buiten: de wind buldert in haar telefoontje en bij vlagen valt haar stem weg.

'Jolie! Ik was ongerust.'

Ik ben zo blij van haar te horen dat ik vergeet dat ik boos op haar ben. Alleen liggen mijn benen ongelukkig op de harde keukenvloer.

'... iets...' hoor ik haar zeggen, en ook nog: '... even...' Op de achtergrond tussen de windvlagen door het geluid van voorbijrijdende auto's.

Ik probeer te gaan verzitten zonder de telefoon te laten vallen en hoor haar nog iets zeggen, maar opnieuw verstoort de storm het geluid.

'Kun je uit de wind gaan staan?' vraag ik. Waarom staat ze met dit weer in godsnaam buiten te bellen? Met één hand probeer ik op de keukenvloer te steunen om een spier te ontlasten. 'Kom je nog vandaag?'

Vragen. Vragen om iets op te rapen, in te vullen, uit te kloppen, vast te houden, los te draaien, dicht te knopen, alsjeblieft? Misschien, als het even kan? Vragen om me ergens naartoe te brengen, op te halen en de heg te knippen. Dankjewel. In mijn vorige leven legde ik door mijn studie en door de reizen die ik maakte, een verzameling aan van 'dankjewels' in alle talen die ik tegenkwam. *Merci, thanks, tak, spasiba, arigato, obrigado, efcharisto* en *teşekkür ederim* (volgens de Turk die me dat leerde te onthouden aan de klank van *two sugar and cream*). Wist ik veel, toen, welke rol 'dankjewel' in mijn leven zou gaan spelen.

'Vanavond, misschien?'

Het smekende in mijn stem ergert me, maar als Jolie niet komt, dan is er vandaag helemaal niemand geweest behalve Ada en zij-van-de-prikdienst. Een gezichtloze dag.

'Ik weet niet of het lukt vandaag,' zegt Jolie. 'Sorry, maar ik moet nog even wat regelen...'

Omdat het klinkt of ze afscheid gaat nemen, roep ik nog snel: 'Weet je wie er vanmorgen belde?'

Ze zwijgt. Ik hoor nu alleen auto's en de storm en ik denk aan de keren dat ik telefonisch ander windgeruis hoorde: die in de bergen. Dan was het Felix die me belde, halverwege een tocht.

Felix wandelde veel; dat was de verklaring voor de manier waarop hij zich kleedde en voor de geur van buitenlucht die altijd om hem heen hing. Hij zwierf urenlang door bossen of over heidevelden, te pas en ook vaak te onpas, bijvoorbeeld vlak voor een vergadering of een presentatie. Meestal zette hij zijn mobieltje daarbij uit en was hij onbereikbaar, maar bij F&K leek men het hem niet kwalijk te nemen, zelfs niet als hij te laat terugkwam:

Felix was nu eenmaal een soort kunstenaar (al was het een kunstenaar in dienst van politiek en kapitaal) en die laten zich niet dwingen, dat snapte iedereen. Laat die Keeper maar, zeiden ze, dan komt er straks vast weer iets briljants uit.

Hoewel hij in Nederland bekend was met alle schaarse plekken die zich nog enigszins laten bezwerven, speelden zijn tochten zich bij voorkeur af in eindelozer gebieden: de Alpen, de Pyreneeën of een of andere pampa in Zuid-Amerika. Hij was een stadsrat die hield van de eenzaamheid van de natuur en die zowel premièreparty's als de wildernis met gemak overleefde. Behalve die laatste wildernis.

In het jaar dat ik hem kende, maakte hij twee van dat soort grote tochten. Mijn eigen loopvermogen nam in dat jaar schrikbarend af: ik kon toen maar zo'n tweehonderd meter lopen. Ik kon toen *nog* zo'n tweehonderd meter lopen. Er waren mensen die me daarom juist niet meer belden vanaf zeilboot, skipiste of bergtop: dat vonden ze zielig. Maar Felix leek onbekommerd te delen wat hij had, zonder zich af te vragen of mijn part misschien wat klein was en ik wat meelijwekkend.

En natuurlijk was ik jaloers, want ik wilde ook wandelen. Ik wilde ook naar de plaatsen en de passen die per auto (of rolstoel) onbereikbaar zijn, juist naar die. Afgunstig was ik echter niet, want ik was blij met wat ik zo nog kreeg: een man met mooie handen en lachende ogen die me een stukje meenam op zijn wandeling.

Hij zei: 'Jij bent de enige die altijd met me meeloopt.'

Dat idee maakte me gelukkig.

Ik heb me weleens voorgesteld dat hij me meenam naar zijn geliefde bergen. Dat hij me ergens in de Haute Savoie met *télécabines* naar boven zou brengen en me *chevrotin* zou laten proeven. 's Avonds zou hij me meenemen naar lokale restaurants om er *truites aux amandes* en *tartiflette* te eten en 's nachts in bed zouden we wijn drinken met de gordijnen open om de sterren te zien.

Natuurlijk herinnerde Jolie me er op tijd aan dat mijn hele ziektebeeld mee op vakantie zou gaan. Dat ik de eerste twee dagen slapend zou doorbrengen omdat de reis me had uitgeput, dat ik in ons romantische hotelletje waarschijnlijk van de steile trap zou lazeren en dat ik vervolgens nog een blaasontsteking zou krijgen ook. Mijn Frans zou ik oefenen op de plaatselijke *médecin*, die m'n enkel intapete en antibiotica voorschreef. Daarna zou ik vooral op zoek zijn naar wc's die zich niet boven of onder aan smalle, krakende trappen bevonden, voor de bergen zou ik weinig oog hebben en de sterren zou ik missen omdat ik sliep.

Ik wist natuurlijk zelf ook wel dat je sprookjes maar beter sprookjes kunt laten en niet moet proberen ze te leven. Blauwe vogels die meisjes genezen bestaan niet.

Nou ja. Eerlijk gezegd heeft Felix me ook nooit gevraagd of ik meeging naar de Haute Savoie.

'Dat heb je al verteld,' hoor ik Jolie zeggen. 'Dat zei je vanmorgen al, dat je droomde dat Keeper belde.' Ze begint te lopen: tussen de windvlagen door hoor ik haar hoge hakken driftig op de stoeptegels tikken. De manier waarop ze Felix' naam zegt, spreekt boekdelen. Wat ze bedoelt is: is dat nou nog niet over? Keeper was bij leven al dat wachten al niet waard en hij is het zeker niet waard dat je bijna tien jaar na zijn veronderstelde dood nog om hem treurt.

'Dat bedoel ik niet,' zeg ik haastig en ik vertel over het telefoontje van F&K. 'Ik zou wel naar die receptie willen,' besluit ik.

Weer is ze even stil.

'Sinds wanneer wil jij naar recepties van F&K?' vraagt ze dan. 'Je komt toch nooit meer bij F&K? Ik heb trouwens helemaal geen tijd om je daar vandaag naartoe te brengen. Ik denk niet eens dat ik zelf...'

Ik durf niet nog een keer te vragen of ze komt en neem afscheid. Er rijdt een politiewagen vlak langs haar, met gillende sirene.

Moeizaam kom ik overeind en ga via de wc terug naar de huiskamer. Televisie aan. Inmiddels is het weeralarm serieus: mensen die geen goede reden hebben om naar buiten te gaan, wordt aangeraden de komende uren binnen te blijven. Daarna gewoon een reclameblok: wasmiddelen, bier, hamlappen... We moeten ons pas echt zorgen maken als de reclameblokken komen te vervallen: de beloftes dat meer van iets leuks altijd leuker is en sneller altijd beter. (Terwijl ik soms denk dat geluk juist iets is waarvoor je iets moet doen of laten, of iets waarop je moet wachten. Wat zou betekenen dat wachten toch een waarde heeft, dat wachten een werkwoord is dat iets in werking zet.)

Ik zet de televisie uit.

Waar was Jolie?

Ik bel mijn moeder. Gelukkig neemt die op. Wat er is, vraagt ze ongerust.

'Niets, mam, ik wilde je even horen,' lieg ik.

Ik wilde even zeker weten dat je niet dood bent, zoals pap.

In mijn geval sloopte MS me aanvankelijk geleidelijk, maar de relatie met mijn ouders veranderde acuut. Toen de diagnose was gesteld, deden ze hun uiterste best mij terug te schuiven in het nest, terug onder hun vleugels. Ze vouwden zich over me heen en plooiden zelfs hun drukke werkdagen om me heen. Ik werd een van de kinderen over wie ze zich zorgen moesten maken.

Maar ik was al vierentwintig.

Ik was pas vierentwintig.

En niet zielig, want dat hadden ze me geleerd.

Voor de tweede keer verliet ik dus het huis en worstelde me onder hun vleugels uit, maar dit keer met een gevoel van schuld over alles wat ik hun aandeed. Het was natuurlijk heel gemeen dat ik iets had waar niemand iets aan kon doen, iets wat iedereen die aan de kant stond machteloos en hulpeloos liet toekijken.

En toen werden mijn ouders oud. Ze gingen met pensioen en mijn moeder kreeg artrose in beide heupen. Mijn vader sprak over een verhuizing naar Spanje. Mama had daar minder pijn. Zorgelijk vroeg hij of ik dat niet vervelend vond. Nee, nee! Jullie hebben er hard genoeg voor gewerkt, het is een kans die je niet moet laten lopen, hoog tijd dat jullie eens aan jezelf denken... en maak je alsjeblieft vooral geen zorgen om mij, ik red het wel. En we bellen wel.

Ik moest er niet aan denken dat ze om mij in Nederland zouden blijven. Bovendien: ik was nog tamelijk valide, toen. En bovendien: als het had geholpen, dan had ik het ook gedaan. Vluchten naar een warm land.

Zo hing door mij ons gezin van schuld aan elkaar. Mijn ouders voelden zich schuldig dat ze naar Spanje gingen, ik voelde me schuldig dat ik hen zich schuldig liet voelen en Jolie voelde zich vast ook wel ergens schuldig over.

Mijn ouders stortten zich in Spanje meteen in het vrijwilligerswerk: ze brachten maaltijden rond, organiseerden de plaatselijke bridge- en petanquecompetities en maakten zich binnen de kortste keren net zo onmisbaar als ze door hun werk in Nederland waren geweest. Daaraan lag geen wrekende god ten grondslag, want religieus zijn mijn ouders bij mijn weten nooit geweest, en zelfs geen politiek ideaal. Ze waren gewoon liever nuttig dan schuldig.

Ik eigenlijk ook.

Nu doe ik de radio aan.

Wat was Jolie aan het doen? Waarschijnlijk zijn er afspraken afgezegd vanwege het weer, terwijl Jolie natuurlijk vindt dat de zaken gewoon door moeten gaan. Er is meer nodig dan een beetje weeralarm om Jolie van haar werk te houden; zij heeft een arbeidsethos met het formaat en de flexibiliteit van een Zeeuws trekpaard. Dat gold voor ons hele gezin. Waardoor ik nu met de vraag zit wat te doen met arbeidsethos als je niet meer werken kúnt. Zie mij hier op de bank met een kommervol ethos op schoot en ambitie ernaast in staat van ontbinding.

Als ik kon, zou ik heus wel werken, vast hard werken, net als Jolie. Om geld te verdienen (er is niemand anders die dat voor me doet), maar ook omdat ik werken altijd wel leuk heb gevonden. Zeker het werk dat ik deed als communicatiekundige, werk dat spannend en creatief was. Ik hield van schrijven, ik hield van dingen bedenken en ik hield van de contacten met klanten en het overleg met collega's. Bovendien: wie werkt, die is wat. Ook dat reflecteert in taal: de vraag 'wat doe jij?' veronderstelt als antwoord een beroep of op z'n minst een maatschappelijk aanvaarde daginvulling. Niet: 'ik breng storm onder woorden', of: 'ik probeer de verstoorde relatie met mijn zus hanteerbaar te maken.' Dat zijn antwoorden die hooguit niet uit de toon vallen in het gezelschap van filosofen, kunstenaars of psychiatrisch patiënten. 'Wat doe jij' is 'wat ben jij' en omdat 'wat doe jij' bij mij 'niks' is, ligt het antwoord op de vraag wat ik ben voor de hand.

Jolie heeft natuurlijk gelijk. Het is onzin om naar die receptie te gaan. Wat heb ik er te zoeken? Iemand anders die nog treurt om Felix Keeper? Alsof ik daar wat aan heb... Ik geloof niet dat ik van nature een *deler* ben van verdriet. Bijeenkomsten van patiëntengroepen heb ik ook altijd gemeden, hoewel de vereniging van mensen met MS me er geregeld voor uitnodigt. Het ontgaat me wat voor troost of steun ik erin moet vinden om mensen te ontmoeten in dezelfde klotesituatie als ik (er moet overigens voor anderen wel iets te halen zijn, gezien de frequentie van de uitnodigingen. Er is duidelijk een markt voor).

Jolie vindt de receptie natuurlijk een ongewenste confrontatie met een verleden dat afgesloten dient te worden. Bovendien komt mijn vraag om me erheen te brengen onverwacht, en dat kan ze niet: onverwacht. Voor mijn zus geen surpriseparty's of impulsaankopen; zij weet de dingen graag van tevoren. Ze wist toen ze veertien was al dat ze rechten zou gaan studeren, toen ze achttien was met wie ze na haar studie zou trouwen (Bengt, toen nog klasgenoot), vorig jaar welke T-shirts er dit jaar mee op vakantie zouden gaan en gisteren wat ze vanavond zal eten. Alles altijd onder controle. Soms denk ik dat Jolie drie kinderen heeft voor het geval er eentje iets overkomt: dan zijn er nog twee over om elkaar te troosten. Maar wie ben ik om daar wat van te zeggen? Vroeger was ik immers net zo; in mijn beleving gingen de dingen het best als ze precies zo gingen als ik me had voorgesteld. Dat ik dat afleerde, was noodgedwongen. Daar was een proces voor nodig, en MS, natuurlijk.

Nu mag ik blij zijn dat Jolie elke dag zoveel tijd voor me vrij kan maken. Ik ben niet alleen de pech van mijn zus, maar ook de last, het spreekwoordelijke blok aan het spreekwoordelijke been.

Ik doe de radio uit. Buiten brult de storm. Waarom zou ik nou ineens zo nodig naar een receptie van F&K moeten? Omdat ik mensen wil zien. Maar waarom na al die jaren uitgerekend vandaag, met dit weer? Ik heb toch jarenlang contacten genegeerd, afgehouden, uitgevlakt? Bang dat iedereen kon zien wat ik allemaal niet kon, misschien. Om iets meelijwekkends te worden en daarmee iets bezienswaardigs, als een vrouw met een baard op een ouderwetse kermis?

Waarom ik nou zo nodig naar die receptie moet... Vanwege dat telefoontje, dat telefoontje dat ik al dan niet heb gedroomd? May. Mijn lief.

Maar ook al wil ik naar de receptie, ik weet niet hoe ik er moet komen zolang mijn zus niet meewerkt. Het frustreert me, maar ook met frustratie kan ik niets; ik kan niet eens fatsoenlijk stampvoeten. Ik probeer het terwijl ik op de bank zit, maar dat blijkt weinig bevredigend en bovendien schieten er pijnlijke scheuten door opgeschrikte botten en spieren. *Hoho, hier zijn wij niet meer op gemaakt.*

Ik pak opnieuw de telefoon.

'Wat is er?'

Ze snauwt. Ze is nu ergens binnen. Ik hoor stemmen en een elektronisch belletje dat me bekend voorkomt. *Plingplong.* Dat zijn de liften van F&K.

Zie je wel! Ik wist het!

'Jij bent bij F&K,' zeg ik beschuldigend. 'Is die receptie daar? Ga jij er straks wél heen? Ik wil ook!'

Ik klink als een dreinend kind. Jolie zucht hoorbaar.

'Ik denk dat het allemaal niet eens doorgaat met dit weer,' zegt ze. 'Weet je wel hoe gevaarlijk het is buiten?'

Ik kijk door het raam. Windkracht 8? Mijn zusje heeft natuurlijk gelijk.

'Ik kom vanavond,' zegt ze dan.

Ze gooit er kennelijk haar agenda voor om, dus ik zeg dankbaar: 'Fijn. *Two sugar and cream.*'

'Wat?'

'Niks. Tot vanavond.'

Het is halfvier, misschien moet ik nu nog even slapen. Op de bank zak ik onderuit. Ik probeer het lawaai buiten te negeren, maar kan mijn hoofd niet uitzetten. Hoe laat zou die receptie zijn? Is die inderdaad gewoon bij F&K? Vroeger, in mijn tijd, werden dat soort grote bijeenkomsten ook weleens op boten gehouden, of in chique hotels.

Het maakt niet uit, al was het aan de overkant van de straat waar ik woon, dan nog zou ik niet weten hoe ik er moest komen. Als ik er zou willen komen.

Wanneer ik wakker schrik, is het halfvijf. Met moeite ontwar ik mijn verkrampte spieren, de wc haal ik net op tijd. Het geklepper dat ik vannacht in de slaapkamer hoorde is nu zo hard dat ik het ook op het toilet kan horen. Alles gaat stuk.

Terug in de kamer zie ik door het raam een gescheurde krant in de tuin fladderen. Is het een van de huis-aan-huisbladen die ik bij de voordeur heb laten ontsnappen? Is hij over het dak gewaaid? Misschien is die envelop daar in de heg de uitnodiging voor de receptie, misschien dat daarin staat waar het is en hoe laat... Ik zie een zilvermeeuw, een echte deze keer. Hij zeilt hoog door de lucht. Zou het leuk zijn, vliegen in de storm? Of word je zo deel van de storm als je vliegt in de storm dat je niet meer waarneemt dat het stormt?

Je hebt op die receptie echt niets te zoeken, denk ik daarna. Felix Keeper is dood.

De tocht van Felix naar de Sierra Nevada was anders dan zijn andere tochten. Vooral risicovoller: hij zou voor het eerst te paard gaan.

'Wat weet jij nou van paarden?' vroeg ik ontsteld toen hij over zijn plannen vertelde.

Hij haalde zijn schouders op.

'Een staart. Vier poten.'

Zijn lachende ogen, waar ik in verdronk.

'Benen,' zei ik verontwaardigd, 'die ze kunnen breken en waar ze van alles aan kunnen krijgen. Met hoeven eraan, die je moet verzorgen.'

Hij hield zijn hoofd een beetje scheef.

''t Is niet waar! Jij was vroeger zo'n paardengrietje met een hoevenkrabber in de kontzak van haar spijkerbroek!'

'Mijn paarden waren in elk geval goed verzorgd,' zei ik nuffig.

Niemand moet denken dat hij alles beter kan dan ik omdat ik toevallig niets meer kan.

Vlak voor hij vertrok nam hij me nog een keer mee naar het strand. Het was een warme zomeravond en toen we op de parkeerplaats uitstapten, hoorde ik een verontrustend *doemdoemdoem*. We beklommen het duin dat ons scheidde van de zee. Ik zwalkte een beetje, alsof ik te veel had gedronken: de kracht in mijn benen nam af en ze lieten zich steeds slechter sturen.

Eenmaal boven hield ik me staande aan Felix' arm en keek neer op een enorme, kleurrijk verlichte strandtent. Er was een terras waarop tientallen jonge mensen zich op grote banken hadden gedrapeerd, terwijl ze groene caipirinha's dronken uit witbeslagen glazen. Het *doemdoemdoem* was loungemuziek, waarop de jongeren zich loom bewogen.

Ik zakte door mijn knieën, daar boven op het duin. Ik had me verheugd op stilte, op het nachtelijk ruisen van de golven en misschien de kreet van een enkele verre meeuw. Ik had me verheugd op een vage geur van zoute zeelucht en van wier – niet op die van tapas en kroketten.

Felix liet zich naast me op het zand zakken, nam me in zijn armen, trok zijn jas om me heen en legde zijn handen over mijn oren, zodat ik mijn eigen bloed hoorde ruisen. Ik viel in slaap. Toen ik om één uur wakker werd, was de strandtent gesloten en het strand verlaten. Ik hoorde de zee ruisen, en ik hoorde Felix, die in mijn oor fluisterde: 'Kijk...' Hij wees op de lichtgevende sporen die de golven trokken in het diepzwarte water.

'Noctiluca,' zei hij. 'Mooi, hè?'

'Prachtig,' zei ik.

Heeft hij eraan gedacht, toen hij een maand later stierf in de woestijn? Heeft hij daar in het hete, droge zand van de Sierra Nevada gedacht aan het wonder van het lichten van de zee?

Kwart voor vijf. Dat soort recepties begint meestal om een uur of vijf. Iedereen met wie ik zou kunnen meerijden is natuurlijk al weg of niet van zins te gaan of heeft een te kleine auto voor een rolstoel. Een taxi? Een rolstoeltaxi moet je van tevoren bestellen. En hoe ga ik die betalen? Voor een taxi heb je contant geld nodig en dat heb ik helemaal niet in huis. Moet ik me naar F&K laten rijden en de eerste de beste oud-collega die in mijn blikveld komt overvallen? 'Kun jij even voor me afrekenen?'

Ik ben laf.

Niet bang, maar laf.

6

Schildpad

Dat ik het best kan.

Dat ik het best durf.

Dat ik godverdomme ga.

Ik heb alleen een beetje moed nodig, want de angst is er al. Zonder angst geen moed.

Misschien helpt *Dutch courage*, dus ik drink een glas wijn. Het is tenslotte al vijf uur. Als ik inschenk, mik ik geconcentreerd, met beide handen om de fles. De spieren waarmee je een glas wijn inschenkt, zijn ongeveer dezelfde als die waarmee je een pen over het papier voert. Een grappig idee, gezien het aantal schrijvers en dichters in de literatuurgeschiedenis dat aan de drank was.

De eerste slok die ik wil nemen gaat niet helemaal goed en ik mors rode wijn op mijn sweater.

Eén van de testjes die neurologen je graag laten doen is: sluit je ogen en breng je wijsvinger naar het puntje van je neus. *Eitje*, denk je dan. Tegenwoordig komt een lepel soms naast mijn mond terecht.

In de huiskamer ligt Malgré boven een radiator op de vensterbank. Ze kijkt uit het raam, haar kattenogen en -oren volgen alert alles wat er rondwaait in de tuin. Ongetwijfeld denkt ze: *hondenweer*, en ze ziet er gelukkig niet uit of ze naar buiten gaat voordat ze ondraaglijk nodig moet plassen. Ik zou me maar zorgen om haar maken.

Maar ik ga.

Kom op.

Kan ik best.

Daar heb ik Jolie helemaal niet voor nodig, ik leid mijn eigen leven. Lijd mijn eigen leven.

Sloffen uit en schoenen aan – voordat de moed me in de schoenen zinkt. Ik heb mijn besluit genomen: ik zal op die receptie zijn, al is die nog zo staand, al is het buffet nog zo lopend, al waait het nog zo hard.

Qua schoenen niets elegants: geen veters, maar klittenband en uiteraard geen hoge hakken. Niks *on heels. On wheels.* 'Ze lopen lekker,' zei het vrolijke meisje in de schoenwinkel waar ik met rolstoel en al binnenkwam. Ze werd heel schattig rood toen ze besefte wat ze zei.

Wanneer na tien minuten de schoenen eindelijk aan zijn, is mijn jas aan de beurt. Jas ruikt stoffig. De knopen zijn groot, maar kosten me ook bijna een kwartier. Ik moet eerst voelen waar de knoopsgaten zitten, dan beslissen welk gat bij welke knoop hoort, dan de knoop kantelen, doorsteken, opvangen en ten slotte terugkantelen. Het is ingewikkelder dan men zich realiseert.

Als ik klaar ben, heb ik pijn in mijn buik en ga ik uitgeput weer op de bank zitten. Angst laat zich net zomin regeren of negeren als onwillige spieren en dove vingers, en de wijn kan niet voorkomen dat mijn maag zich van spanning samentrekt. En dan ben ik nog niet eens buiten!

Ik aai de poes.

Ik durf niet.

Niemand die me mist.

Ik hoef niet weg.

Ik ben moe.

En waarom zou ik zoiets dwaas ondernemen?

Moet je die storm zien.

Ik ben wel gek om me daarin te begeven.

Hierbinnen ben ik veilig.

Hierbinnen heb ik alles wat ik nodig heb.

Alles... *Mijn lief.* Zijn stem. Ik heb het niet gedroomd, hij belde echt, ik weet het zeker. Hoe het kan snap ik alleen niet, ik begrijp niet dat hij er is. Waar hij is. Of hij er is. Maar wat ik weet over de verdwijning van Felix? Ik weet alleen wat ik hoorde bij monde van Jolie, de enige met wie ik over Felix heb gesproken. Ik veronderstel dat het contact dat men (wie eigenlijk?) met Felix onderhield tijdens zijn tocht door de woestijn (hoe eigenlijk?) verloren ging. Ik denk dat de datum van zijn geplande terugkeer verstreek zonder dat hij een teken van leven gaf. Dat ze nog naar hem op zoek zijn gegaan, maar geen spoor vonden van Felix, noch van zijn paard. Man en paard van de aardbodem verdwenen.

Via de media vernam ik niets: Felix Keeper verdween – heel ongelukkig – in september 2001, toen er natuurlijk helemaal geen aandacht was voor een onvoorzichtige, mogelijk verongelukte Nederlandse toerist in Noord-Amerika. Zelfs al was die toerist een enigszins bekende mediaman. Ik herinner me die periode vooral als angstaanjagend en keek met grote ogen naar de beelden waar iedereen naar keek. Vanaf toen tobde ik niet alleen over Felix, maar ook over het welzijn van de hele wereld.

Ook Jolie was geschrokken en in de war; zij wist het ook niet meer. Ze begreep niet wat er was gebeurd, hoe het was gebeurd en waarom. Ze sprak over haar kinderen, over in wat voor maatschappij die nou zouden opgroeien, en dat soort dingen.

Later keken we samen naar de documentaire van de Franse broers Naudet en huiverden we samen bij de macabere *underscore* van het geluid van de lichamen die neerkwamen van hen die sprongen. Sprongen, niet vielen. In dit geval waren we allebei machteloos en nutteloos, en dat geeft ook een band.

De ironie wilde dat ik natuurlijk juist in die tijd meer dan ooit naar Felix verlangde; ik wilde dat hij kwam, met een fles Pouilly-Fumé onder zijn arm en dat hij zei dat alles goed zou komen en dat hij weer voor me kookte in mijn eigen keukentje, zoals die keer dat hij coquilles Saint-Jacques voor me maakte omdat die vijftig groene ogen hebben die alle vijftig alleen licht en donker kunnen onderscheiden, maar toch in staat zijn om te waarschuwen als er een vijand van de coquille nadert... Felix hield van producten waarover hij een verhaal kon vertellen. Verhalen maakten hem blij (en mij ook).

Vanaf de bank in de huiskamer zou ik naar hem kijken en hij zou zijn glas naar me heffen met lachende ogen en zeggen: 'Wat ben je mooi', wat toen al niet meer waar was maar wel leuk om te horen, en mijn keuken zou onwennig geuren naar saffraan en het zou *hier* zijn en het zou *nu* zijn en ik zou me verheugen op de coquilles en gelukkig zijn, ondanks alles, ondanks de toestand in de wereld, ondanks mij. Want zoveel hield ik van hem. Misschien ook dat hij de verbijsterende beelden uit New York voor me had kunnen interpreteren en analyseren, en mijn angst zou relativeren met zijn lichtheid. Misschien dat hij iets zou kunnen zeggen over wat de wereld nu te wachten stond en over bijvoorbeeld de oorlog in Afghanistan en later die in Irak – hoewel ik niet zeker weet of hij eerder dan ik de leugens zou hebben doorzien waarmee we werden gemanipuleerd.

Natuurlijk maakte het uiteindelijk niet uit. Niemand die het ene fuck interesseerde wat ik van de toestand in de wereld dacht. Waarop Jolie natuurlijk zei dat ik niet zo zielig moest doen en dat ik niet moest denken dat het iets uitmaakte wat íémand van de situatie vond.

En Felix liet niets meer van zich horen. Ik belde na lang wikken en wegen zijn nummer en kreeg te horen dat 'dit nummer buiten gebruik was'. Toen overwoog ik om naar F&K te bellen, maar ik durfde niet en deed het niet. Ik weet niet zeker waar ik bang voor was: om te horen dat Felix allang veilig terug was en dat hij alleen mij niet meer belde, of om te horen: 'Felix Keeper? Die is dood.'

Het kwam misschien door wat er in de wereld gebeurde dat ik me te laat realiseerde dat er rond september 2001 nog een heel andere aanslag plaatshad. Een die ook desastreuze gevolgen had en onherstelbare littekens achterliet: vanaf toen kon ik nog maar twintig meter redelijk lopen en zelfs nauwelijks meer staan. Tegelijkertijd begon de functie van mijn armen weg te vallen en nam het zicht in allebei mijn ogen verder af. Ontstekingen in mijn zenuwstelsel bleken stiekem en onherstelbaar rond te woekeren, heftiger en in een hoger tempo dan ooit tevoren. Heel veel vlekken op de MRI-scan. Heel veel *ground zero's*, zeg maar.

De prognose was somber; de neuroloog zorgelijk.

Nee – op wereldschaal stelde dat natuurlijk helemaal niets voor.

Ik kijk naar buiten. Een grote tak van de ceder is gaan scheuren – die zal er straks af waaien. Zonde.

Ik kijk naar de poes.

Ik kijk naar de klok.

Ik moest maar niet gaan.

Veel te gevaarlijk.

Of Felix inmiddels officieel is doodverklaard weet ik niet eens. Er schijnt een bepaalde termijn voor te staan in het geval van een verdwijning, maar ik heb geen idee hoelang die is. *Met droefenis besluiten wij nu toch maar dat van ons is heengegaan... Na lang wachten staat wel vast dat onverwacht is overleden...*

Ik pak de telefoon en bel nog een keer naar Jolie, maar krijg haar voicemail. Ik stel me voor hoe ze op de receptie staat te praten met mensen die ik ook ken, of in elk geval gekend heb: de tinke-

lende glazen, de feestkleding, een goede grap, gelach en vrolijkheid.

'Ik ga tóch,' roep ik schril na de piep.

Nu weet ik het zeker.

Kom op. Spullen pakken. Handschoenen. Muts? Geen idee of
het koud is buiten. Het is april, en dat zegt niks. Bij al die storm-
waarschuwingen heb ik helemaal niet op de temperatuur gelet,
dus ik weet alleen dat het hard waait. Geen muts dus, maar ik doe
wel een wollen sjaal om, want een koutje heb je zo te pakken
(vindt Jolie). Diep ademhalen. F&K Mediaconsultancy is maar
zo'n vijf kilometer hiervandaan: de straat uit, een paar wijken
door, richting het centrum... Per auto kan ik de weg dromen, per
fiets ook, maar nu... In gedachten leg ik het traject af. Waar zijn
de stoepen verlaagd? Waar durf ik over de rijbaan? Wat is de beste
weg, per scootmobiel?

De scootmobiel. Zelfs zijn naam is niet mooi. Felix heeft hem
nooit meegemaakt, die was al weg toen het ding mijn leven binnenreed vanuit het regionaal uitgiftepunt voor douchekrukken,
bedliften en kranen die je heel handig met je voorhoofd kunt bedienen.

Op het parkeerterrein van het uitgiftepunt kreeg ik les. De instructeur wees naar twee knoppen: op de ene stond een plaatje
van een schildpad, op de andere een rennende haas.

'De schildpad is voor als je langzaam wilt,' zei hij.

'En het haasje is voor snel,' zei ik behulpzaam. De man knikte
tevreden, tot hij mijn gezicht zag.

'Ze moeten natuurlijk voor iedereen geschikt zijn,' zei hij ver-
dedigend.

Ja, natuurlijk. Maar toch. Pas na die rechtszitting indertijd
legde ik me neer bij de schildpad en de haas, omdat de rechter het
toen over Aesopos had en het me te binnen was geschoten dat
dankzij Aesopos (en La Fontaine) schildpad en haas symbool

staan voor traagheid c.q. snelheid. De scootmobiel stond met zijn knoppen dus in feite in een prachtige, duizenden jaren oude traditie. Je moest het alleen even weten en even willen zien.

'Binnen schildpad en binnen haas is de snelheid te variëren met deze draaiknop,' zei de instructeur en hij wees. 'Maar als je op de hoogste snelheid in schildpad rijdt en je drukt op haas, dan zit je meteen in de hoogste snelheid haas. Dus pas op, het is dus beter de draaiknop eerst...'

'Ja,' zei ik.

'Haha,' zei ik.

'Stel je voor,' zei ik.

Dat was tot nu toe de enige keer dat ik daadwerkelijk op de scootmobiel reed. Nadat hij bij me thuis was gebracht, stalde ik hem, hoewel hij volgens de voorschriften eigenlijk naar binnen moest, onder een zeiltje bij de voordeur en liet hem daar staan. Hij staat er nu nog steeds, als ding.

Ik pak de telefoon en bel toch maar de taxicentrale. Een taxi lijkt me met dit weer veiliger dan een scootmobiel.

'Dat gaat wel even duren,' zegt de mevrouw die de telefoon opneemt. 'Het is heel druk en er zijn taxi's uitgevallen.'

'Uitgevallen?'

Ze zucht met het ongeduld van iemand die de hele dag hetzelfde moet uitleggen.

'De storm,' zegt ze. 'Ongelukken. Opstoppingen. Wegomleggingen.'

'Het moet er eigenlijk een zijn waar een rolstoel in kan.'

'O,' zegt ze, nu op een toon alsof er ineens geen haast meer is. 'Dan duurt het nog langer.'

Invaliden achter aansluiten.

'Laat maar.'

Dan zit er dus niets anders op. In mijn buik groeit de angstige spanning. Misschien moet ik eten meenemen voor onderweg?

Stel je voor dat het misgaat, dat ik vastloop. Water moet er misschien mee, en brood. Een deken. Een zakmes. De wijnfles. Kaart. Kompas. Haha, kompas. Alsof iemand nog zijn positie per kompas bepaalt. Tegenwoordig vindt men niet, men *laat zich vinden* – door satelliet en gps. *Indien mogelijk omkeren. Bestemming bereikt.*

Ik kijk naar de armband met de alarmknop om mijn pols. Heeft die gps? Zodat ze me kunnen vinden? Werkt hij buiten? Waarom weet ik dat niet? Jolie zal het wel weten, maar mij is eigenlijk nauwelijks bekend wat er precies gebeurt als ik op de knop druk. Komt er dan meteen een ambulance? Een politieagent, grote brandweerman of dokter? Waarom ben ik daar niet van op de hoogte? Waarom heb ik niet opgelet toen dat werd uitgelegd? Wanneer ging ik zoveel aan anderen overlaten? Ik heb zoveel meer uit handen gegeven dan nodig was...

Ik doe de polsband af en leg hem op het aanrecht. Met dat ding om zie ik eruit als een tbs'er met elektronisch verlof.

De laatste jaren kom ik alleen nog buiten om naar het ziekenhuis te gaan, voor consulten en infusen. Voor de rest niet meer. Vanwege dat ik niet mobiel meer ben, vanwege mijn ogen, voeten, benen, blaas, vanwege dat ik niet meer durf, vanwege dat ik me te pletter schaam. Schaamte hoort gek genoeg ook bij ziek-zijn. Ik heb eens bedacht dat het te maken moet hebben met dat vroeg in de menselijke evolutie degenen die hun ziekte het slechtst wisten te verbergen, degenen waren die het snelst werden weggeselecteerd. Zieken belemmeren immers de jacht, vertragen de vlucht, zijn besmettelijk of ruiken gevaarlijk naar bloed? Je kon maar beter niet ziek zijn, en was je het per ongeluk toch, dan kon je dat maar beter verstoppen. En van verstoppen naar schamen is maar een kleine stap. Daarom, denk ik, schaam ik me anno nu nog steeds voor de tijd die het me kost om overeind te komen en een jas dicht te knopen, voor de kopjes die ik laat vallen en de wijn die ik mors. Zelfs al ligt er allang geen sabeltandtijger meer op de loer. Ik schaam me voor mijn zwalkende stappen, voor de letters die ik niet kan zien en voor de knoppen die ik niet kan bedienen omdat ik ze niet meer voel. Ik schaam me voor mijn zwakheid en voor de lompheid waarmee ik me voortbeweeg in een rolstoel of, god beware me, een scootmobiel.

Ik pak de telefoon en probeer opnieuw Jolie te bellen, maar ze neemt nog steeds niet op. Dan recht ik mijn schouders. Kom op. De drempels die ik zelf heb opgeworpen ga ik slechten! Ik ga mijn leven weer zelf leiden! Ik wil weer May zijn.

Als ik het nooit gebruikte sleuteltje van de scootmobiel heb gevonden, open ik de deur, die natuurlijk opnieuw met een klap tegen de keukenmuur vliegt. Buiten beneemt de storm me de adem en overvalt me met lawaai, en niet alleen de wind buldert in mijn oren, overal in de buurt is kabaal: autoalarmen loeien, een hond blaft schor, in de verte klinken sirenes van ambulance, brandweer en politie. Met moeite trek ik de deur achter me dicht. Hij valt in het slot. Mijn haar waait voor mijn ogen als ik naar de lucht wil kijken, die vol jagende, dreigende wolken is. Het is tijd voor een schietgebedje. Gelukkig hebben wij MS'ers daar een eigen heilige voor: Liduine van Schiedam, die in de veertiende eeuw leefde en volgens sommigen de eerst beschreven MS-patiënt is. Hoewel er neurologen zijn die menen dat de ziekte waaraan Liduine leed lupus geweest moet zijn, een andere auto-immuunziekte. Ook erg. Zoals ik al zei: ik weet een hoop triviale dingen.

In elk geval kon Liduine vanaf haar zeventiende jaar om onverklaarbare redenen niet meer lopen en bracht ze de rest van haar leven door in bed. Van daaruit verrichtte ze af en toe een wonder en daar wordt ze tot op de dag van vandaag om vereerd met een gebed. *God, die de heilige maagd* (dat ook nog!) *Liduine van Schiedam heeft gemaakt tot een slachtoffer van bewonderenswaardig geduld en van liefde, verleen dat wij naar haar voorbeeld en door haar voorspraak de kwel-*

lingen van dit leven volgens Uw wil verdragen, opdat wij aldus de eeuwige
vreugde verwerven door Christus onze Heer. Amen.

Moet je zien hoe ver je het kunt schoppen.

Ze werd trouwens drieënveertig. Lag dus zesentwintig jaar lang in bed.

Het zeiltje van de scootmobiel waait weg zodra ik het heb losgehaakt. Laat maar gaan. Ik ga op de stoel zitten, steek het sleuteltje in het slot, druk op AAN en druk op schildpad. Dan knijp ik met mijn rechterhand in de hendel aan het stuur, en daar ga ik, langs de omgevallen groene container op weg naar de straat. Pas dan bedenk ik dat ik zowel mijn huissleutel als mijn mobiele telefoon binnen heb laten liggen. Terug kan dus niet meer; er rest me niets anders dan de keuze tussen schildpad en haas, en tussen rijbaan en stoep. Ik zal schildpad kiezen en stoep, omdat ik auto's niet zal zien en in de storm niet zal kunnen horen aankomen – net zoals ik de boom zal missen die op mijn hoofd dreigt te vallen of de op de loer liggende straatrover. Overal is gevaar, ik ben een kwetsbare prooi en een makkelijk slachtoffer. Een makkelijke dader ook: loopt iemand me onverwacht voor de wielen, dan vrees ik dat mijn reactie te laat zal zijn. Om die reden rijd ik geen auto meer; ik hoop dat een aanvaring met een scootmobiel tot minder verwondingen leidt. In elk geval tot minder levensbedreigende verwondingen.

7
Haas

De wijk waar ik woon is er een van kapotgetrapte wipkippen, gesloten snackbars, omgevallen vuilcontainers en nergens een horizon. Een prachtwijk. Flats en rijen grauwe huizen van beton,
betegelde tuintjes; het is zo'n wijk die mij me altijd doet afvragen hoe we kinderen met perspectief willen laten opgroeien
wanneer we ze in hun woonomgeving niet eens uitzicht bieden.
De wind heeft zwerfvuil in de kale, stekelige struiken langs de
kant van de weg geblazen, of op grote, levende hopen tegen blinde muren geveegd. Vanaf het tuinpaadje zie ik dat er nauwelijks
mensen op straat zijn: er loopt een enkele fietser naast zijn fiets,
een enkele wandelaar worstelt voort met ingetrokken nek en opgetrokken schouders, en er rijden maar een paar auto's voorbij.
De wind komt nu van links, op weg naar F&K zal ik hem pal tegen hebben. Ik hoop maar dat de scootmobiel dat trekt. Een
scootmobiel is geen Hummer, niet eens een behoorlijke gras-
maaier.

Links op de stoep voor mijn huis staan twee jongens, vlak bij
elkaar, een beetje schuin tegen de wind geleund. De ene draagt
een glimmende zwartnylon jas die hem veel te groot is, de andere
een petje dat hij moet vasthouden, en een dik sweatshirt met een
tekst die ik niet lezen kan. Ik voel mijn gezicht in een vriendelij-
ke grimas vertrekken als ik naar ze kijk: ik ben de hond die bij

voorbaat op zijn rug gaat liggen. *Ik ben aardig en lief en helemaal niet gevaarlijk en alsjeblieft doe me alsjeblieft niets alsjeblieft...* Ik heb er een hekel aan als mijn gezicht dat doet. Zo delf ik al het onderspit voordat de strijd is begonnen, voordat er zelfs maar sprake is van een strijd. Het zijn jongens, ja, maar misschien zijn het wel aardige jongens. Staan ze thuis klaar voor hun zieke moeder en mens-erger-je-niet'en ze geduldig met hun kleine zusje.

Ze draaien me de rug toe. Wat ze doen kan ik niet zien, maar ik krijg zomaar de indruk dat het iets stiekems is, zoiets als drugs die van hand tot hand gaan of gejatte creditcards.

Ik kijk echt te veel tv.

Voorzichtig rijd ik het pad voor mijn huis af en de stoep op. Als ik omkijk zie ik de jongens mijn kant op komen. Die met het petje heeft nu de capuchon van zijn sweatshirt over zijn hoofd én zijn petje getrokken. Gauw kijk ik naar beneden. Ik vind de jongens eng, maar ja, ik vind alles eng tegenwoordig. Er schieten scènes uit thrillers door mijn hoofd, uit actualiteitenrubrieken en het journaal. Aanranding. Verkrachting. Zinloos geweld. Roof. Moord. Roofmoord. *Happy slapping.* Met een bons rijd ik de stoep af, de scootmobiel kiept bijna om. Gauw stuur ik terug naar de stoeprand en probeer de stoep weer op te komen, maar die is te hoog en onder me giert de elektromotor hulpeloos. Dan voel ik een te harde duw tegen mijn schouder en ik kijk bang op. Het zijn de jongens.

Wat willen ze? Willen ze helpen? Of willen ze mijn geld of mijn leven? Ha! Sorry, jongens. Hier geen van beide.

'Mogen wij even?' zegt de jongen met de capuchon. Hij gaat vlak voor de scootmobiel staan, de ander erachter. Ze gaan me niet helpen, ze gaan treiteren.

'Wij willen ook weleens lekker rijden, want wij zijn een beetje moe,' zegt de jongen die achter me staat. De capuchon buigt zich intussen voorover en begint met vieze vingers op knoppen te drukken. Schildpadje, haasje, lampen, claxon. De claxon van mijn scootmobiel klinkt niet harder dan een verkouden kanarie. De jongen lacht en blijft drukken.

'Hou op,' roep ik.

'Hou óp,' doet hij mijn stem na, en de ander sneert: 'Hou nou óp, Joes.'

Joes draait aan de knop waarmee je de snelheid regelt.

Hebben ze geen moeder die hun een geweten heeft bijgebracht? Mededogen? Empathie? Erbarmen?

Als ik met mijn linkerhand knijp, ga ik achteruit. Zo werkt dat: de rechterhendel is naar voren, de linker naar achteren. Ik kijk achterom.

'Ga opzij!' roep ik naar de jongen die achter me staat. 'Kijk uit, ik ga naar achteren!'

De jongen blijft staan en ik aarzel. Dan knijpt door een spasme mijn linkerhand dicht... als het een spasme is. Na weer een halve seconde aarzeling springt de scootmobiel achteruit. Hij staat op haasje hard. Dat moet Joes hebben gedaan toen hij aan de knoppen zat. Ik voel een hobbel en hoor een schreeuw.

'Teringwijf! Kut, mijn voet!'

Op dat moment gaat de deur van het huis naast het mijne open.

'Ga weg!' hoor ik mijn Iraanse buurman roepen. In het Russisch! Ik versta het, want ik heb ooit op de universiteit een paar weken Russisch gedaan. Een Iraniër die Russisch spreekt? Via welke omzwervingen is hij hier terechtgekomen?

Ibrahim gaat tegenover de jongens staan, zwelt op en begint te schelden. Nu in het Farsi, maar zonder een woord te verstaan herken ik wat hij zegt, en ik hoop van harte dat hij de jongens vervloekt met prachtige Perzische scheldkanonnades – ik stel me duizend zweren onder je oksels voor, en onvruchtbaarheid kome over al je kamelen... Maar misschien ben ik te romantisch. Schelden Iraniërs tegenwoordig liever ook met *krijg de kanker* en *motherfucker*.

Of de jongens in tegenstelling tot mij Ibrahim wel verstaan is de vraag, want zo te zien heeft Joes misschien wel wortels in een land aan de andere kant van de Middellandse Zee, zijn maat heeft blond peenhaar. Het zijn partners in crime, niet in culturele achtergrond. Toch lijken ze wel degelijk te begrijpen wat Ibrahim bedoelt en laf maken ze zich uit de voeten, met de wind mee. Maar Ibrahim is dan ook minstens één meter tachtig en minstens honderd kilo. Wie had gedacht dat mijn beschermengel een enorme Farsi/Russisch-sprekende Iraniër zou zijn? Ik denk aan mijn vader en dat iets in mij wil dat die het voor me heeft georganiseerd, van daarboven.

'*Spasiba!*' schreeuw ik tegen de wind in. Dankjewel...

Ibrahim komt vlak bij me staan. Zelfs in deze harde wind merk ik dat hij naar lavendel ruikt. Hij wijst naar mijn huis; ik denk dat hij vindt dat ik terug moet. Maar ik wil niet naar huis, ik wil naar F&K. Bovendien heb ik geen sleutel.

'Ik ga dáárheen,' zeg ik, en ik wijs de andere kant op. 'Ik moet naar F&K.'

'Effenka?'

Hij blijft bezorgd staan kijken, zijn haar en zijn kleding wapperend in de wind, terwijl ik met de scootmobiel de goede kant op draai en kies voor haasje hard.

Door de storm gaat mijn neus lopen en ik veeg er met een mouw langs. Terwijl ik voortworstel denk ik na over mijn buurman. Ik zou hem willen vragen wat hij heeft achtergelaten. Had hij een beroep voor hij zijn land verliet, en een huis? Heeft hij broers en zussen, en waar zijn die nu? Mist hij ze? Hoe komt het dat hij Russisch spreekt? Ik zou hem willen uitleggen wat ik heb, waarom ik niet zelf mijn gras maai. 'Het is een rare, nare ziekte,' zou ik zeggen. 'Ik weet niet of MS in Iran voorkomt, of in Rusland, maar je verliest er van alles door en je krijgt er alleen verdriet en vermoeidheid voor terug.'

Ik veeg weer een snotdruppel van mijn neus.

'Soms zou ik willen dat ik ergens een beetje meer pijn had in plaats van dat ik steeds zo moe ben, want moe gaat over alles wat je doet en over alles wat je bent, over je emoties, over je humeur. Maar weer kunnen lopen zou natuurlijk ook fijn zijn. Of weer goed kunnen zien...'

Het zou klinken als zeuren, maar Ibrahim kan me toch niet verstaan, dus dan telt het niet.

Ik rijd een lange, drukke weg in, die tussen flats en kantoorpanden loopt. Hier zijn meer auto's, af en toe slingeren ze omdat de wind eraan rukt. In mijn tempo is het nog zo'n vijftien minuten naar F&K, schat ik. Daar bij het kruispunt moet ik linksaf, door een winkelstraat waar wat meer kleur is, al bestaat die vooral uit schetterende gevelreclames. HIER! NU! STOP! VANDAAG! SUPERSALE!

Ik passeer drie geparkeerde auto's die klaaglijk staan te loeien. Een man loopt er zorgelijk omheen alsof het om huilende kinderen gaat. In de verte klinken weer ambulances en een brandweerwagen passeert in volle vaart. Een paar keer moet ik moeizaam uitwijken voor een omgewaaide vuilnisbak of reclamebord. Ik tuur en stuur en moet plassen en word doodmoe.

Nu moet ik oversteken. Bij het zebrapad staat een reusachtig billboard, dat afwisselend drie afbeeldingen toont: eentje prijst inlegkruisjes met kamille aan (voor de zorgeloze dagen waarop iedere vrouw recht heeft), eentje een snelle auto en eentje een snelle soep. F&K zette dat soort 'dynamische' borden ook weleens in voor een campagne.

Vandaag bewegen echter niet alleen de afbeeldingen: het hele billboard zwaait vervaarlijk in de storm heen en weer, en precies op het moment dat ik naar voren buig om op de knop voor het voetgangerslicht te drukken, klinkt boven me een krakend geluid van knappend staal en brekend plastic. Op de weg hoor ik gekrijs van rubber op asfalt, boven de bulderende wind uit hoor ik een gil. Een fietser komt op straat terecht, een auto wijkt slippend uit en botst tegen het verkeerslicht. In de stilte die dan volgt lijkt alles even de adem in te houden. Pas als de chauffeur van de auto het portier opent, ademt de wind weer uit en blaast het bijna uit zijn scharnieren. Ineens zijn er mensen. Ze blijven met moeite overeind in de storm en als ik dat zie ben ik blij dat ik zit en niet sta.

Iemand loopt in een mobieltje te tetteren. 'Bent u gewond?' roept een man. Heeft hij het tegen mij of tegen de fietser? De fietser is gewond, die staat in elk geval niet op. Dat is het eerste wat gezonde gevallen mensen doen: opstaan. Zelfs ik probeer altijd weer op de been te komen.

'Zo, hé,' hoor ik ergens roepen, en: 'Tering!', en: 'Zag je dat?' Mensen stappen uit auto's, komen uit een winkel die kennelijk nog open is en gaan om de gevelde fietser heen staan. Ze dragen groene rode witte blauwe jassen: een westerse vluchtelingstroom anno nu zal er heel anders uitzien dan een uit bijvoorbeeld 1953. Niets grauws, maar fluorescerend fleece en felgekleurd nylon. Of denken wij die vluchtelingenstroom van toen in grijs omdat we er alleen zwart-witbeelden van kennen?

Verdomd, er staat er echt een te filmen met zijn mobieltje! Zo ver zit mijn beeld van de buitenwereld er dus niet naast.

Mensen vragen mij of ook ik iets mankeer. Nee, nee, ik niet, ga maar naar die fietser, die heeft hulp nodig (bloed is altijd rood). Voorzichtig rijd ik een stukje achteruit, weg van het gesneuvelde billboard. Het is zo op de grond nog groter dan toen het nog rechtop stond. De stellage waar het aan vastzat staat nog half overeind, maar is nu een constructie van verwrongen staal waar de wind gierend doorheen blaast. Op de stoep liggen scherpgepunte scherven plastic en ik bid dat ik niet een lekke band oploop. *Dat wij naar haar voorbeeld en door haar voorspraak de kwellingen van dit leven volgens Uw wil verdragen...* Ik wil een andere heilige. Een wat minder passieve, eentje met een beetje pit en ondernemingslust. Eentje die niet in bed blijft liggen...

Ingespannen tuur ik naar de stoep om met mijn wielen en de rubberbandjes die daaromheen zitten de scherven te ontwijken, en dan zie ik, tussen het puin van het billboard, een vogelnest. Terwijl in de verte de sirene van een ambulance nadert, blijf ik verbaasd naar beneden kijken. Het nest is een mooi gevlochten mandje, nauwelijks een halve volleybal groot, en het lijkt niet door de val beschadigd. Wel is het op zijn kant terechtgekomen en liggen er drie gebroken eitjes naast. Scherven eierschaal op de stoeptegels, ertussen iets rozigs met nat, wit pluis. Geknakte naakte dode vogelkuikens. De eieren moeten op het punt van uitkomen hebben gestaan. Wat triest, denk ik, om in aanleg te kunnen vliegen en dat nooit te zullen doen. De tranen springen me in de ogen en ik buig me voorover. Welke vogel bouwt er een nest boven op inlegkruisjes, auto en soep? In april? Zo ver ik kan reik ik naar beneden om het nest te kantelen en dan zie ik dat er één ei is blijven liggen. Het is klein en heel en het is blauwgroen. Ik denk aan het sprookje van Mytyl en Tyltyl, maar er komt vast geen blauwe vogel uit dit blauwgroene ei...

'Gaat het?' roept een jonge vrouw tegen de wind in terwijl ze bezorgd op me toe loopt. Ze kijkt verontrust naar hoe ik voorover in de scootmobiel hang en steekt een hand naar me uit. Ik pak die vast en laat me overeind trekken, maar klem tegelijkertijd mijn linkerhand om de rand van het nestje. Als ik rechtop zit, zet ik het op mijn schoot. Het ei is blijven liggen.

Nu kijkt de vrouw verbaasd naar me en ze doet een paar stappen achteruit. Ze krijgt een blik in haar ogen die ik wel vaker zie wanneer ik situaties niet snel genoeg overzie in verkeer wachtkamer winkels, wanneer ik kleingeld niet uit mijn portemonnee krijg, thee naast mijn mond giet, lepeltjes naast koffiekopjes steek... Wat ze denkt is: *die is gestoord*.

Gillend rijdt de ambulance de straat in: pas als hij bij de fietser is gestopt wordt de sirene uitgezet. Twee mannen en een vrouw springen naar buiten, hun broeken flapperend in de wind, hun haar waait om hun hoofd. Met gestreste gezichten leggen ze de fietser haastig op een brancard. Ze hebben het druk vandaag en proberen zo snel mogelijk een dekentje van folie om de fietser heen te wikkelen. Het ontglipt door de storm telkens hun handen.

In mijn eigen kleine wereldje wikkel ik intussen mijn sjaal af, vouw hem op, leg hem als een dekentje boven op het nest, boven op het ei, met mijn hand daar weer bovenop. Dit ei heeft me nodig. Dit ei is weerloos.

Voor me wordt de fietser in de ambulance geschoven en die rijdt weer met gillende sirene weg. De kijkers trekken zich terug, gaan naar huis, naar hun auto of weer naar de winkel. Niemand die nog omkijkt naar die vreemde mevrouw op haar scootmobiel met een vogelnest op schoot.

Ik begin weer te rijden. Ik steek het zebrapad over en ga verder over de stoep. Haasje niet zo hard. Eigenlijk wil ik naar huis, terug naar veiligheid en vergetelheid, uit de wind, voor de televisie, naast de telefoon, bij Malgré. Maar daarvoor is het te laat. Ik heb nu een taak. Mijn linkerhand ligt beschermend op de das op het ei terwijl ik recht tegen de wind in koers en denk: *Wer reitet so spät durch Nacht und Wind? / Es ist der Vater mit seinem Kind...* Eindelijk zie ik in de verte tussen andere kantoren het kantoor opdoemen van F&K Mediaconsultancy. De letters stralen verlicht aan de dakrand op de hoogste verdieping. Dat is nogal aanmatigend, want zo groot is F&K nou ook weer niet: de eerste zeven verdiepingen zijn verhuurd aan bedrijven als een accountantsbureau en een verzekeringskantoor – alleen de bovenste tien worden door F&K gebruikt. Althans, zo was het vroeger.

Ik ga het halen, denk ik. Maar ik moet nu wel heel erg plassen. En waar ik geen rekening mee had gehouden is het gevoel dat me overvalt als ik het gebouw zie waar ik zo lang heb gewerkt. Het is heimwee. Heimwee naar een tijd die voorbij is, naar een verloren land en een verloren leven, naar een huis dat niet meer bestaat. Hier werkte ik, zorgeloos, achteloos, argeloos, onwetend van niet goed kunnen lopen en niet goed kunnen zien, van zelden goed kunnen lezen...

Felix las mij in bed voor.

Las voor mij, in bed.

Hij had een mooie stem en de hand die het boek niet vasthield, lag op mijn kont. Hij las de gedichten die ik uitzocht, zoals 'Beroepskeuze' van Judith Herzberg: *'En toen ze vroegen wat ze later wilde worden/ zei ze 'Graag invalide' en zag zich al,/ benen onbewegelijk in bruin-geruite plaid/ door toegewijde man en bleke zonen/ voortgeduwd...'*

'Nog een keer,' zei ik, net zo lang tot ik erbij insliep.

Ik rijd verder, haal mijn neus op en bedenk nu pas dat ik natuurlijk een cadeautje mee had moeten nemen. Een afscheidscadeautje voor Kolbert. Ziek maakt egocentrisch: ik heb niet eens gedacht aan bloemen of wijn, ik heb alleen maar aan mezelf gedacht en ben alleen maar bezig met mijn eigen sores. Terwijl ik aan Kolbert best wel veel te danken heb.

De scootmobiel trekt het maar nauwelijks zo pal tegen de wind in – hij gaat in elk geval steeds langzamer. Of heb ik misschien toch een lekke band? Ik kijk er niet naar. Kan toch niets zien, veel te moe en bovendien is de schemering al ingevallen.

Windvlagen trekken koude strepen van tranen en snot over mijn wangen, terwijl het steeds donkerder wordt. Ik kan ze niet meer wegvegen, want mijn rechterhand geeft gas en mijn linker ligt op de sjaal op het nest op het ei.

Stel je voor dat het uitkomt... Dan zit ik met het jong. Een bloot vogelkuiken met bolle, blauwe ogen. Wat dan? Daar is de rijk verlichte entree van F&K. Nog maar zo'n vijftig meter te gaan – en dan houdt de scootmobiel ermee op. Ik kijk naar mijn rechterhand, maar die zit nog in een vaste greep om de hendel. Zo vast in feite dat ik niet los kan laten. Op het paneel met het haasje en het schildpadje, de claxon en de knop voor de snelheid, brandt één zwak, rood lichtje. Hoewel ik nooit de moeite heb genomen om me in de gebruiksaanwijzing van de scootmobiel te verdiepen, begrijp ik wat er aan de hand is: de accu is leeg. Volgens de man van het uitgiftepunt zou ik normaal gesproken op één accu zo'n dertig kilometer moeten kunnen rijden, maar kennelijk is in al die tijd dat het ding stil onder zijn zeiltje bij de voordeur stond de accu langzaam leeggelopen. De vijf kilometer die ik net in de storm heb afgelegd, waren de laatste. Verdomme.

Ik heb het koud. Een mens kan niet te lang ongestraft beweginloos in de wind zitten. Ik voel dat ik wegglijd naar waar het donker is, en stil. Ik zak voorover over het nest en leg mijn voorhoofd op het stuur. Het geeft niet.

Ik geef het op.

Laat me maar.

8

Lift

'Heb je nou je zin?'

Jolie torent op hoge hakken boven me uit, in een mantelpak van D&G, zo eentje als ik vroeger had. Koel kijkt ze op me neer.

'Zo verpest je het voor iedereen,' zegt ze.

'Wat? Voor wie? Ik heb toch recht om naar die receptie te gaan?'

'Recht...' lacht ze, en het woord waait weg in de storm.

Recht, denk ik. Waarop heb je recht? Heb je recht op hulp? Of moet je maar blij zijn als je die krijgt?

'En nu?' zegt ze. 'Hoe wil je nu naar huis? Hoe had je dat gedacht, met dat ding?'

Het ding kan me gestolen worden. En ik wil niet naar huis, ik was immers op weg naar Felix... Ik kijk omhoog naar het kantoor van F&K. De receptie zal op de bovenste verdieping zijn, de zeventiende, in de ruimte waar al in mijn tijd recepties en grote presentaties werden gehouden, de plek waar ik Felix voor het eerst ontmoette... Kijk, achter een van de ramen kan ik hem zien staan, een glas champagne in de hand. Waar hij is zal muziek zijn en gezelligheid, gelach en 'hoe is het met jou?' en warmte en licht.

Dan kijk ik weer naar de plek waar Jolie net stond. Natuurlijk is er alleen de schemerige verlaten straat, met schaduwen die bewegen in het licht dat uit de ramen van F&K valt. Ik moet even in slaap zijn gevallen en hebben gedroomd. Er is helemaal geen Jolie, en je kunt vanaf hierbeneden natuurlijk helemaal niet zien dat er iemand achter de ramen op de zeventiende verdieping staat. Je kunt vanaf hier de zeventiende verdieping nauwelijks zien.

Voorzichtig til ik mijn sjaal op van het nest op mijn schoot en kijk naar het ei. Dat is in elk geval echt en het is nog heel. Daarna kijk ik naar de ingang van F&K en ten slotte sta ik op van de scootmobiel. Het nest neem ik in mijn armen. Ik moet toch wat en wat kan me gebeuren? Hooguit zal ik vallen, maar wat geeft dat? Er is geen hond op straat.

Vijftig meter af te leggen. Het zou makkelijker gaan zonder nest: dan kan ik mijn vleugels spreiden als een jonge vogel om mijn evenwicht te bewaren. Renate Rubinstein heeft dat ergens beschreven. Nee, het nest moet mee.

Voort. Schrap tegen de wind, scherp van de kou. Ik loop het loopje dat het beste gaat. Niet schuifelen, maar ongeveer: één been op slot zetten om het andere te kunnen optillen en dan mijn voet laten neerkomen ongeveer ergens in de buurt van de richting waar ik heen wil. Op Animal Planet, een zender die volgens mij het meest bekeken wordt door zieken en invaliden en anderen die niets beters te doen hebben, heb ik een grote tijger gezien met een aandoening van het centraal zenuwstelsel. Hij liep precies als ik! Alleen had hij víer poten om zijn evenwicht te bewaren, dat werkte in zijn voordeel.

Nog zo'n twintig meter... Twintig meter is vijf keer van mijn huiskamer naar de keuken, dat loop ik zo vaak (hoewel nooit vijf keer achter elkaar).

Moet kunnen.

Nu nog tien.

De wind blaast recht in mijn gezicht.

Waarom zijn er geen mensen? Hoe laat zou het zijn? Is iedereen al boven, of is er niemand? De grote toegangsdeur van F&K schuift automatisch open als ik nader. Nog vijf stappen, dan ben ik binnen. De deur sluit zich achter me en dan is er eindelijk even geen storm. Bijna stilte. De enorme hal is leeg.

De wc is achterin, weet ik, maar de ontvangstbalie is dichterbij, dus daar ga ik eerst heen. Er staan drie zwijgende telefoons op en twee donkere computerschermen. Achter de balie staat een bureaustoel op wieltjes. Daar wankel ik naartoe en ik laat me erop zakken. Het nest neem ik op schoot, terwijl ik wacht tot er iets van kracht terugkeert en mijn blaas tot rust komt. Ik ben aan het eind van mijn Latijn. Ik wil naar huis.

Als ik om me heen kijk zie ik dat er veel is veranderd en dat alles hetzelfde is gebleven. De balie staat waar hij vroeger stond, maar is nieuw. Net als vroeger worden overal op de muren de logo's geprojecteerd van de bedrijven die in dit gebouw zijn ondergebracht en van grote klanten van F&K. De garderobe rechts was er vroeger niet en ik schrik als ik vlakbij een oude vrouw zie zitten. Ze kijkt geschrokken terug. Net als ik zit ze op een bureaustoel op wieltjes. Haar haar hangt in pieken langs haar bleke, grauwe gezicht, ze heeft een rode neus, er zitten snotsporen op haar wangen en ze heeft een bos takken op schoot. Op de mouw van haar scheef dichtgeknoopte jas zitten vieze vegen. Haastig wend ik me van de grote spiegel af. Ik zet het nest op de balie met de das erbovenop, zodat het ei lekker warm blijft. Mijn blik valt op een pakje Marlboro, zorgvuldig uit het zicht van bezoekers gelegd. Dan knoop ik mijn jas los en trek hem uit. Op de sweater eronder zitten ook vlekken, en o ja, hij zat binnenstebuiten...

Met moeite sta ik op, leg mijn jas op de stoel en begeef me de grote hal door naar de wc's. De deur gaat zwaar, zwaarder dan vroeger, en ik moet mijn volle gewicht in de strijd gooien. In de toiletruimte is alles nieuw: designwasbakken met designkranen waarvan ik me straks zal afvragen hoe ze werken. Ik ga het dichtstbijzijnde hokje binnen en doe de deur op slot. Gelukkig is het geen zwaar slot. Mijn vingers doen lang over de knoop van mijn broek, maar dan kan ik hem afstropen en laat ik me met een zucht op de wc-bril zakken. Hoe erg ik inmiddels ook moet plassen, de gruwelijke god van de multiple sclerose heeft het zo bedacht dat mijn blaasspier weliswaar aandringt, maar de sluitspier verkrampt. Er zit niets anders op dan te wachten. Intussen denk ik aan vroeger – toen ik me hier, aan het eind van mijn loopbaan, soms terugtrok in deze stilte en deze rust, omdat ik zo moe was... En je bent echt heel erg ontzettend moe, hoor, als een wc je toevluchtsoord wordt.

'Misschien moet je wat vroeger naar bed,' hebben mensen tegen me gezegd, en (welke tijd van het jaar het ook was): 'Het is de tijd van het jaar, we zijn allemaal moe.' Meestal dacht ik dan: laat maar, want dan was ik te moe om uit te leggen wat mijn moe was. Dat het niet zoveel met slapen te maken heeft, dat het niet alleen spieren en botten zijn, maar ook 'denken'. Een moeheid als een wanhopige, trage stroop, die zich meester maakt van lichaam en geest.

Als ik eindelijk plas, hoor ik de deur van de toiletruimte opengaan, en wanneer ik mijn broek weer heb opgetrokken en mijn toilethokje open, zie ik een vrouw voor een van de spiegels staan. Ik ken haar. Ze heet Victoria en ze is een collega van vroeger. Een vrouw met een onbehoorlijke dosis creatieve energie, voor wie ik altijd een beetje bang was omdat ze zo'n scherpe tong had. Ik heb haar er weleens van verdacht dat ze ook iets met Felix had.

Ze ziet er prachtig uit. Haar gezicht is zorgvuldig opgemaakt, ze draagt een jurk met een mooi colbertje, elegante schoenen met hoge hakken. Om haar hals hangt een groot zilveren sieraad. Haar rode haar, zonder uitgroei, is op een ingewikkelde manier opgestoken met lokjes die langs haar wangen vallen.

Als ze me herkent, verschijnt er een brede grijns op haar gezicht.

Dat had ik niet verwacht.

'May,' zegt ze, 'wat leuk!' Ze omhelst me. Ik ruik parfum terwijl ik me stevig aan een wasbak vasthoud om niet te vallen.

'Dat is wel heel erg lang geleden. Hoe gaat het met je?' vraagt ze.

Onzeker glimlach ik naar haar, maar ik hoef niets te zeggen, want zonder op antwoord te wachten roept ze: 'Wacht even, even plassen,' en terwijl ze doorpraat verdwijnt ze in een van de hokjes. 'Ik ben zo laat door die fucking storm natuurlijk. Overal files en wegomleggingen,' klinkt het vanachter de deur. 'Goh, May, we horen weleens wat van Jolie natuurlijk, maar nooit iets van jouzelf. Schande, zoals jij ons in de steek laat.' Een jaloersmakend lange, klaterende plas. 'Hè, hè. Jee, wat zullen ze opkijken boven.'

De deur gaat open en ze komt naar buiten, wast haar handen en opent het tasje dat ze bij zich heeft om er een lippenstift uit te halen. Zorgvuldig maakt ze haar mond rood. Dan wendt ze haar blik van de spiegel en kijkt me onderzoekend aan, alsof het haar nu pas opvalt dat ik nog niets heb gezegd. Haar blik gaat van mijn spijkerbroek via mijn vieze sweater naar mijn gezicht.

'Wil jij je een beetje opmaken? Voor we naar boven gaan?' zegt ze. 'De storm heeft nogal huisgehouden, zo te zien. Zal ik je haar even doen? Een beetje lippenstift misschien?'

Van schrik verlies ik bijna weer mijn evenwicht. Dit is me veel te intiem. Ik wou dat ik kon gaan zitten.

'Ik moet zitten,' zeg ik. Mijn stem is schor. 'Ik kan niet zo lang staan.' Ik maak aanstalten om naar de hal terug te gaan en mompel nog: 'Het hoeft niet. Het helpt niet.'

'Hoe bedoel je,' zegt ze, 'het helpt niet?'

Ik grijp naar de deurpost om overeind te blijven en kijk om. Ze kijkt terug met een vreemde blik – niet helemaal de blik van *die is gestoord*, maar het heeft er wel iets van weg.

'Kijk nou toch,' zeg ik, want ik snap niet dat ze het zelf niet ziet. 'Alsof er voor jou geen jaren voorbij zijn gegaan...'

Nu kijkt ze peinzend. Dan friemelt ze wat in haar haar en rukt het met één beweging van haar hoofd. Eronder is ze kaal, op een paar plukjes na die de kaalheid van de rest van haar schedel benadrukken.

Ik wil een hand voor mijn mond slaan, maar mis mijn mond en de hand eindigt op mijn wang.

'Och, Vicky,' zeg ik. 'O...'

Ze grijnst een bittere grijns, gaat terug naar de spiegel en zet de pruik weer op. Ze is even bezig hem vast te zetten en de plukjes haar langs haar wangen te schikken.

'Het is klaar nu,' zegt ze, 'de behandelingen, bedoel ik. En borstkanker gaat tegenwoordig hartstikke vaak goed.'

Ik kan niet voorkomen dat mijn blik naar haar borsten in de spiegel glijdt.

'Eén fake. Maar je mag zelf raden welke,' zegt ze terwijl ze zich naar me omdraait.

'Och Victoria,' zeg ik nog een keer, 'dat wist ik niet, dat heeft Jolie me nooit verteld...' Heeft mijn zus me ook dat verdriet willen besparen?

'Was in elk geval even je gezicht,' zegt Victoria zonder lach.

Dat doe ik. En ik draai mijn sweater om, waarbij ik me zorgvuldig van Victoria afwend. Ik kam mijn haar zo goed mogelijk met de kam die ze ook in haar tasje blijkt te hebben en leen haar lippenstift.

Echt helpen doet het inderdaad niet. In de spiegel zie ik dat de oude vrouw nu een rode mond heeft, maar ze blijft grauw. De vlekken op de sweater zijn nog steeds zichtbaar. Maar goed ook. Er goed uitzien is angstaanjagend. Stel je voor immers dat ze straks boven denken dat ik nog van alles kan... Stel je voor dat ze ineens verwachtingen gaan koesteren, eisen gaan stellen! En bovendien: ik ben niet zoveel méér dan zielig, dus zonder zielig nog minder dan niks. In een van de boeken die ik wegdeed, schrijft Connie Palmen: 'Je moet een vrouw haar lijden niet afnemen, het is vaak het enige waarin ze groots kan zijn.'

Ik herinner me dat ik indertijd een ezelsoortje in de bladzijde vouwde. Het boek staat nu waarschijnlijk bij De Slegte te koop als 'licht beschadigd exemplaar'.

Als we de wc uit komen, vraag ik Victoria even te wachten en loop naar de balie met stappen die hopelijk zeker lijken. Je doet toch altijd je best, nietwaar, als er anderen bij zijn. Opgelucht laat ik me op de bureaustoel vallen, waarbij mijn jas op de grond glijdt. Het geeft niet, het is me sowieso allemaal te veel. Ik pak het nest van de balie en zet het weer op mijn schoot, de das eroverheen. Intussen raapt Victoria de jas op en brengt hem naar de garderobe.

'Wat is dat?' vraagt ze nieuwsgierig als ze terugkomt en ze kijkt naar mijn schoot. Ik til de das op en toon mijn ei. Ze roept uit: 'Dat is echt iets voor jou! Het origineelste cadeau van de hele receptie. Een ei, voor iemand die met pensioen gaat!'

Echt iets voor mij... Victoria heeft iets van mij onthouden wat ik zelf vergeten ben. Verwarrend, en ik was al in de war, omdat ik nog wilde nadenken over dat ik Jolie moet bellen, want die zal wel ongerust zijn, en over de storm en over de jongens die me hebben lastiggevallen en over mijn Iraanse buurman – en dan komt dit er ook nog bij.

Na een wekenlange ziekenhuisopname plus maanden thuis revalideren ben ik eens in paniek een supermarkt uit gelopen, overdonderd door al die geuren, kleuren en vormen. Geschetter in beeld en geluid, al die producten ontworpen om mijn aandacht te vangen, te vragen, vast te houden, die mensen en die teksten en die cijfers die allemaal voordrongen... Hoezo melk? Vol, halfvol of mager? Eén, een halve of anderhalve liter? Koe, geit, soja, proactief, calcium plus, lactosevrij...

Zoals ik me toen voelde, zo begin ik me nu ook weer te voelen. Wat was het rustig in mijn prikkelarme huis! Alleen een radio en een televisie, die naar believen op een andere zender kon. Of harder. Of zachter. Of uit.

Het is trouwens helemaal niet de bedoeling om het nest aan Kolbert cadeau te geven! Ik had zo mijn eigen fantasieën! Dat er op een dag een barst in het ei komt en dat het openbreekt en ik voorzichtig help stukje bij beetje de eierschaal weg te halen en dat er dan een jonge vogel tevoorschijn komt, al dan niet blauw, die zijn snavel hongerig openspert en dat ik (of Ada of Jolie) in de tuin op zoek moet naar regenwormen en dat we die met een pincet...

Victoria duwt me met bureaustoel en al in de richting van de liften. Tegen haar moet ik echt ook nog iets zeggen, denk ik, over moed en kracht en sterkte en zo, maar *plingplong*, daar schuiven de deuren van de linkerlift al open.

Wanneer ze me de lift in rijdt, zie ik in een hoekje een beest. Het is een lelijk, trolachtig wezentje, een soort ET van purschuim met een lange staart van nepbont. Het detoneert nogal met het strakke design van de lift.

Victoria grinnikt, loopt om de bureaustoel heen en plant een hooggehakte pump op de staart van het beest.

'*Mind your step!*' roept een metalig stemmetje verontwaardigd.

'Van de afdeling Creatieven,' zegt Victoria met lichte spot. 'Hier werken is *fun*, weet je nog?'

Zou ze hier zelf nog werken? Ik vraag het niet, want ik voel dat spreken me nu even moeite kost. Dat heb ik wel vaker als ik heel moe ben, dan dreigen mijn gezichtsspieren vast te lopen. Het is ook een heel werk: woorden vinden, formuleren, in de goede volgorde zetten, uitvouwen, uitspreken...

In de lift is ook een kalender vastgeprikt, geen designkalender maar zo een die je in garages ziet. Afgestroopte overalls, grote, blote tieten en motorolievlekken. Ik zit zo dichtbij dat ik kan zien dat de olievlekken zorgvuldig zijn aangebracht door de grafische afdeling. *Camp*, weet je nog?

Met hoeveel borsten, al dan niet bloot, wordt Victoria in het dagelijks leven geconfronteerd? Vaker dan ik met lastige verpakkingen, moeilijke sloten en zware deuren?

Ze kijkt niet naar de kalender, maar drukt op de knop van de veertiende.

'De veertiende?' weet ik uit te brengen als de deuren sluiten. 'Niet zeventien?' Mijn stem klinkt langzaam, of mijn woorden komen te laat bij me terug, alsof er een vertraging is tussen actie en reactie. Victoria merkt het niet, geloof ik.

'Die wordt verbouwd,' zegt ze. 'Die hebben ze net helemaal opgebroken, want ze willen er een enorm panoramavenster-wand-weet-ik-veel maken. Er komt speciaal veiligheidsglas voor uit Zweden.'

Kennelijk werkt ze hier dus nog, anders zou ze dat niet weten. Zou dat zijn omdat ook zij behoudend is geworden van haar ziekte, net als ik? Zo van: je weet wat je hebt en dat kun je maar beter houden? Terwijl ze praat, probeer ik een beetje rechterop te gaan zitten, want ik herinner me dat op de veertiende Market Research zit, of in elk geval ooit zat. Het is een verdieping met een *open concept* (transparantie, weet je nog?) met alleen helemaal achterin kamertjes voor *bilateraaltjes*. We zullen ons dus meteen op de receptie bevinden, meteen onder de mensen zijn... Dat wil ik niet! Ik wil dat de lift nu vast komt te zitten, dat we een halfuurtje moeten wachten op de liftmonteur of de brandweer! Dan kunnen we even slapen, ik en Victoria, die vast ook wel moe is. Kan ik even rustig nadenken... Claustrofobie heb ik niet, agorafobie is me minder vreemd. Niet bang om in een hol te zitten, maar om het te verlaten, bang om de straat op te gaan, uit de kast te komen. De vraag is of ik altijd al zo was of zo ben geworden. Op het bedieningspaneel van de lift zit een grote, rode knop. Noodrem? Stemoproep? Brandalarm? Rust of lawaai? Maar we zijn er al. *Plingplong.* Ik zet me schrap.

9
Vlucht

Er zijn wel tweehonderd mensen! Gelukkig staan ze allemaal met hun rug naar de liften toe en het geluid waarmee de deuren openschuiven wordt niet eens gehoord: iedereen staat net heel hard te lachen. Het geeft me het gevoel dat ik word uitgelachen, hoewel in werkelijkheid niemand ons opmerkt. Vanaf mijn stoel zie ik ruggen en konten.

Een van de laatste feesten die ik bijwoonde was ook een staande receptie, dus stond men met elkaar te praten. Volle glazen werden nonchalant in de hand gehouden – alsof dat helemaal geen moeite kost: jezelf rechtop houden en dan zonder te morsen nog een glas erbij ook. Ik had toen al een tafel nodig om mijn glas op neer te zetten en de rand van de tafel om tegen te leunen. Wat ik daardoor verloor was de wendbaarheid om van het ene gesprek naar het andere te huppelen – links een grapje, rechts een complimentje, nieuwtjes verspreiden, nieuwtjes vergaren... Wat ik verwierf was eenzaamheid. De gesprekken gingen langs me heen en leken wel sneller te gaan dan vroeger. Een kans om een bijdrage te leveren zag ik niet en eigenlijk had ik ook helemaal geen bijdrage. Na een halfuurtje keek ik alleen nog maar naar ruggen. Niemand die zich omdraaide om mij erbij te betrekken, niemand die naast me kwam staan tegen de tafelrand in mijn cirkel van eenzaamheid. Die zou tenslotte best besmettelijk kunnen zijn. En ze vierden een feestje. Hadden recht op hun vrolijkheid.

Nooit eerder had ik er moeite mee gehad om aan te haken; nu haakte men mij af. Dus zo voelt dat, dacht ik toen. Zo was het dus om niet mee te doen en buiten de groep te staan.

Er kijken nu één of twee mensen even over hun schouder, maar die zijn jong en nieuw, en kennen mij niet. Na een verwonderde blik op mij en mijn bureaustoel draaien ze zich meteen weer om en richten zich op degene die aan de andere kant van het open concept aan het woord is. Ik herken de stem die door de microfoon klinkt: het is Kolbert.

Victoria doet een stap de lift uit en begint mensen op hun schouder te tikken om ruimte te maken voor mij en mijn stoel, zodat we in elk geval de lift uit kunnen. Ik blijf achter, met een licht gevoel in mijn hoofd. Het is net of de liftvloer overhelt.

Kolbert zegt: 'Hierbij treft u ingesloten, toegevouwen dromen aan, overbodig nu onnodig...'

Dat is van mij, denk ik. Die regel is van mij. Kolbert pikt mijn gedichten. Maar wat erger is: straks is hij uitgesproken, en dan draait iedereen zich om, dan zullen ze allemaal naar me kijken... Dat kan ik niet aan, dus voordat Victoria zich weer naar me heeft toegedraaid, druk ik op de knop met de B van 'begane grond'. De liftdeuren schuiven gehoorzaam dicht en de lift zet zich in beweging. Het wezentje in de hoek kijkt wezenloos toe.

Als ik weer beneden ben, is de grote hal gelukkig nog steeds verlaten. Ik sta op van de bureaustoel, leg het nest op de zitting en gebruik de stoel als rollator om de lift uit te komen, mijn handen op de rugleuning. Vlak voor ik naar buiten stap, druk ik op de knop voor de zeventiende. Dan is in elk geval een van de twee liften even bezig en heb ik misschien een paar minuten rust. Betrekkelijke rust, want ik hoor buiten de wind om de hoeken van het gebouw razen en ergens roffelt een boomtak tegen een raam. Het is inmiddels vast windkracht 9 – onvoorstelbaar dat er boven nog zoveel mensen zijn die de storm hebben getrotseerd, dat ze allemaal voor Kolbert zijn gekomen. Voor Kolbert, met míjn gedichten... Het nest leg ik op de balie en ik ga weer op de stoel zitten.

Ik kan me Kolbert niet herinneren als erg populair. Hij is een wat stijve, intellectuele man die altijd bezwaar maakte tegen grapjes als het purwezentje en de kalender in de lift. Stiekem lachten wij van Communicatie en Copywriting hem daarom uit, maar dat lieten we vooral niet merken, want we wisten allemaal wat zijn kapitaal was: niet creativiteit (dat was meer de hoek van de F, van Frens), maar het bezit van alle mobiele nummers van zowat iedereen die er in Nederland toe doet – zowel in de politiek als in de showbusiness, de voetbalbusiness en de echte business. Plus het feit dat iedereen altijd naar hem luisterde. Dat is natuurlijk een talent. Plus het feit dat hij de mede-eigenaar was van het bedrijf waar wij allemaal ons brood verdienden. Dat waren we ons ook bewust.

Ik kijk naar de telefoons op de balie en zie het pakje Marlboro. Ik pak het op, frummel een sigaret tevoorschijn en steek hem aan met de aansteker die er gelukkig ook ligt. Roken zal hier wel niet mogen, maar *what the fuck*.

Jolie was blij toen ik een paar jaar geleden stopte, want roken was niet gezond en slecht voor ongeveer alles. Toch was de eigenlijke reden om te stoppen dat ik mijn brandende sigaret telkens liet vallen. Dan moest ik vervolgens de grootste moeite doen om hem weer op te rapen en voorkwam meestal niet dat er brandgaten kwamen in vloerbedekking, de bank, mijn eigen kleding en soms ook in mezelf. In mijn onhandigheid greep ik de gevallen sigaret soms aan het brandende einde vast.

Nu houd ik hem stevig tussen twee vingers en een duim, en inhaleer diep.

Ik moet Jolie bellen.

Ze moet me hier weghalen. Dit was een vergissing en nu is het mooi geweest. Ik trek een van de telefoons naar me toe en toets automatisch eerst een nul voor de buitenlijn. Uit welk stoffig hersengedeelte komt dat nou weer?

'Met Jolie!' klinkt het onmiddellijk in mijn oor, alsof ze haar mobiel al in de hand had. Tegelijkertijd schuiven in de hal de buitendeuren open. De storm ziedt naar binnen, veegt afval mee; takken en natte bladeren, die in de hal beginnen rond te wervelen. Een grote ficus die in een kunstzinnige pot naast de balie staat, verliest in een oogwenk de helft van zijn blad en valt om.

'Met May,' roep ik.

'May!' schreeuwt mijn zusje, en ik hoor tot mijn verrassing haar stem boven het gebulder van de wind uit zowel door de telefoon als vanaf de deuren. Ik ben zo blij haar te zien dat er tranen in mijn ogen springen. Mijn rots in de branding, mijn huis, mijn thuis! De haldeuren schuiven achter haar dicht, de rust keert weer, de bladeren gaan liggen met de ficus er zielig tussen.

'Waar ben je?' vraagt Jolie.

'Ik ben hier,' zeg ik blij en dom en ik gooi haastig de sigaret in de designprullenbak die ik onder de balie zie staan.

'Wat?' zegt Jolie. 'Waar hier?'

Ik leg de telefoon weg en sta op van de bureaustoel.

'Hier!' Mijn stem heeft de kracht van de claxon van mijn scootmobiel. Jolie kijkt om zich heen en komt dan haastig mijn kant op, enigszins gehinderd door haar te hoge hakken en een te strak kokerrokje.

Mijn zusje.

In mijn geval sloopte MS me aanvankelijk geleidelijk en net zo geleidelijk veranderde de relatie tussen mij en mijn zus. Er was gewoon ineens een dag dat zij, niet ik, de glazen volschonk. Dat zij, niet ik, de weg naar huis wist. Dat zij, niet ik, besloot hoe laat ik naar bed ging. Het was een glijdende schaal, maar er was een *tipping point* en dat was de dood van mijn vader. Toen was Jolie degene die me om vier uur 's nachts belde.

Ik schrok er nauwelijks van, want lag zoals zo vaak wakker en staarde al een uur naar het plafond.

'May,' zei ze, 'mam belde. Er is iets met papa. Hij is naar het ziekenhuis, maar maak je niet ongerust – ik ben al onderweg.'

'Kom je me ophalen?'

Ze belde uit de auto.

'Nee, nee, ik laat van me horen zodra ik meer weet, maar jou ophalen is...'

Is wat? Te veel moeite? Kost te veel tijd? Van haar huis naar Schiphol was een halfuur rijden, via mijn huis kostte een kwartier extra...

Ik kwam mijn bed uit, kleedde me aan en zag het in de tuin langzaam licht worden. Het was juni.

Wat kon er zo acuut zijn? Een hart. Mijn vader had iets aan zijn hart; natuurlijk, dat kan bij oude mensen. Maar als hij naar het ziekenhuis was, dan had hij het overleefd. Toch? Dan konden ze het opereren, repareren of dotteren of zoiets. Toch?

Vijf uur.

Ik belde naar haar mobieltje, maar ze nam niet op. Mijn moeder het hare ook niet.

Zes uur.

Nu was Jolies telefoontje uitgeschakeld. Zou ze al in een vliegtuig zitten? Vloog ze naar Alicante of naar Murcia? Dat zou er wel van afhangen waarheen het eerste vliegtuig ging dat plek had... Hadden vliegtuigen speciale stoelen voor speciale gevallen, zoals een zieke vader?

Zeven uur.

Nu was ze zeker onderweg. Ik probeerde met haar mee te reizen, dacht dat het zo'n drie uur vliegen was naar Alicante of naar

Murcia; dan een auto huren en van Alicante of van Murcia naar het dorp rijden waar mijn ouders in een Nederlands seniorencomplex waren gaan wonen. Uitzicht op de Middellandse Zee.

Acht uur.

Ada kwam.

'Ach jee,' zei ze.

Negen uur.

Geland? Jolie nam haar mobieltje nog steeds niet op.

Tien uur.

Ze belde.

Of Ada er nog was en of die mij naar het vliegveld kon brengen. Het was beter dat ik kwam.

Vanaf dat moment werd alles ingewikkeld en ging niets meer vanzelf. Ada deed wat kleren en een tandenborstel voor me in een plastic zak (Kruidvat), maar de rolstoel paste nauwelijks in haar kleine autootje, zodat we het hele eind naar Schiphol met open achterklep moesten rijden. Dat was koud, hoewel het juni was. Daardoor moest ik weer plassen.

De parkeerplek die we vonden, was een heel eind van de vertrekhal en daarna wilde ik zelf het ticket regelen, maar de ticketcounter was te hoog, zodat Ada de onderhandelingen automatisch van me overnam. Ze straalde bij voorbaat uit dat ze elk 'nee' of 'later' als een groot, tegen haar persoonlijk gericht onrecht zou beschouwen.

Terwijl Ada bezig was, keek ik om me heen. Mensen koffers winkels borden tassen teksten muziek en beeldschermen. Druk. Omdat het supermarktgevoel me dreigde te overvallen, probeerde ik niet alles tot me te laten doordringen en concentreerde me op het dichtstbijzijnde detail: de olifantjes op de sari van een Indiase vrouw, die aan de balie naast ons stond. Zij probeerde ook een ticket te kopen. Naar Calcutta. De olifantjes waren blauw. Ik vroeg me af of zij ook naar haar zieke vader wilde.

Toen we even later incheckten schreef de grondstewardess

PERSONAL ASSISTANCE op een kaart. Mijn rolstoel zou meevliegen. Hij werd opgehaald, ik kreeg een vliegveldrolstoel om naar het eind van de slurf te gaan en zou begeleiding krijgen naar mijn plaats in het vliegtuig. Maar wie bracht me als ik de douane was gepasseerd naar de gate, dacht ik zorgelijk. Wie duwde me door de slurf?

'U wordt opgehaald,' zei de grondstewardess. Ze kwam achter haar balie vandaan met een label dat ze aan mijn rolstoel bevestigde. Ik dacht even dat ze het om mijn nek ging hangen.

Na de douane, waar ze achterdochtig in mijn plastic tas keken, kwam er inderdaad een man naar me toe. Hij groette nauwelijks en het voelde daardoor als een ongewenste intimiteit toen hij de handvatten van de rolstoel pakte en begon te duwen. Ik had liever zo'n elektrisch karretje gehad om me te vervoeren. Die hadden ze hier toch ook? Voor gehandicapten én voor vips?

Bij de *gate* liet de man me alleen. Een halfuur zat ik te wachten, al die tijd aangestaard door een dik, blond jongetje van een jaar of tien, dat eerst nieuwsgierig naar mijn benen keek en daarna teleurgesteld leek dat er geen bloederige stompen zichtbaar waren. Toen ik even later opstond om weer naar de wc te gaan, viel zijn mond open. Dat was niet eerlijk, zag je hem denken. Die belazert de kluit.

In het vliegtuig mocht ik op de tweede rij, niet op de eerste. Daar was de nooduitgang en ik werd (terecht) niet in staat geacht in noodgevallen de deur te openen. Bovendien was de kans dat ik tijdens een ontruiming zou vallen en dan de nooduitgang zou blokkeren natuurlijk te groot. Ik vormde een potentieel gevaar voor anderen en was dus het offer dat bij voorbaat werd gebracht. Het kon me niet schelen.

Op de stoel voor me zaten geplastificeerde veiligheidsinstructies geplakt, dezelfde die net al waren uitgelegd. Dat als we lucht tekortkwamen, er zuurstofmaskers uit de luikjes boven onze hoofden zouden vallen. Dat de zwemvesten pas buiten het vliegtuig mochten worden opgeblazen. Er zijn er natuurlijk altijd een paar die zich daar niet aan houden en vanaf mijn stoel zou ik kunnen zien hoe die met hun bolle vesten klem kwamen te zitten in de nooduitgang en dat zij degenen dan waren die de boel blokkeerden. Misschien had het cabinepersoneel daar speciale mesjes voor, ergens in een van de zakjes van hun uniform, om de onverlaten lek te prikken.

Door het vliegtuigraampje rechts van me zag ik het land onder me kleiner worden en me verlaten. 'Dag papa,' zou ik straks zeggen en we zouden niet weten of dat een begroeting was of een definitief afscheid. Zouden we nog een gesprek kunnen voeren? Dat ik hem kon zeggen dat ik van hem hield?

En zou hij zeggen dat hij...

Ondanks dat ik...

Dat hij immers toch...

Want die schuld! Om het verdriet dat ik mijn ouders had aangedaan door zo stom te zijn om MS te krijgen in plaats van iets leuks, zoals kinderen. Hadden ze niet al genoeg zorgen gehad gedurende hun werkzame leven? Zorgen om al die andere kinderen, die verlamde, verlepte, verloren en vergroeide kinderen, die verwaarloosde, verwarde en verstarde kinderen? Vervuilde verschopte vertrapte verzwakte verkommerde verminkte verpieterde kinderen. Die vervloekte kinderen. Als papa het echt aan zijn hart had, dan lag dat aan hen.

Zo kleinzielig was ik dus geworden, dat ik die ándere kinderen de schuld gaf. Ik had een hele vliegreis om me daarover te schamen.

Ik vroeg een steward om een glaasje water. Hij zei dat ik voor vijf euro een flesje kon kopen. Ik had echter geen geld bij me. Het ticket had ik met een creditcard betaald.

Toen het vliegtuig de landing inzette, zette ik me schrap. Naar beneden heb ik altijd al een stuk moeilijker gevonden dan naar boven. Als kind had ik al nachtmerries over gladgelakte houten trappen, die ik om een of andere reden op sokken af moest – bij elke stap de kans uit te glijden en te pletter te vallen. Hoogtevrees in mijn voetzolen. Toen het vliegtuig op de landingsbaan van Alicante krachtig remde, remde ik dan ook krachtig mee, met inzet van alle vleugelflappen.

Op het vliegveld werd er een lange trap naar het toestel gereden, maar het cabinepersoneel hield mij op mijn stoel totdat er ook een verrijdbare lift naast het toestel verscheen. Boven op het gevaarte stond mijn rolstoel al te wachten. Iedereen keek.

Een elegante Spaanse reed me daarna langs de douane, die niet eens acht sloeg op de plastic Kruidvat-tas, en achter de douane stond Jolie. Haar ogen waren dik en rood.

Honderd keren heb ik het me daarna laten vertellen, hoe het was gegaan. Dat er eerst een relatief kleine hersenbloeding was (toen belde mijn moeder Jolie), dat zowel Jolie als mijn moeder het gevoel had dat mijn vader op Jolie had gewacht en dat hij in het ziekenhuis met haar het gesprek had gevoerd dat ik met hem had willen voeren. In elk geval óók had willen voeren. Vervolgens belde Jolie naar mij, dat ik moest komen, maar voordat ik arriveerde was er een massale bloeding, waardoor hij overleed...

Papa! Waarom heb je niet op mij gewacht?

Tegen de tijd dat ik hem zag – het liep toen tegen vijven – lag mijn vader opgebaard in een blankhouten kist en toen zei hij helemaal niets meer. Luisterde ook niet meer. Niet toen ik hem zei dat het me speet en ook niet toen ik hem zei dat ik van hem hield. Ik zweeg dus maar, want in het licht van de dood is alles futiel.

Pas bij de honderdeneerste keer dat ze het vertelde, bekende Jolie me dat papa al was gestorven vóórdat ze mij voor de tweede keer belde, het telefoontje waarin ze had gezegd dat ik snel moest komen. Ze had zonet mijn moeder met een slaappil naar bed gestuurd en we zaten samen bij te komen met een glas wijn op het balkon met uitzicht op de Middellandse Zee. (Dat was voor mij toen al best heel bijzonder, maar ervan genieten leek me ongepast.)

Ze zei: 'Ik was bang dat de reis te dramatisch voor je werd als je wist dat papa dood was.'

Ik was geschokt. Mijn voorbereiding in het vliegtuig op het afscheidsgesprek was dus helemaal voor niets geweest, Jolie had mijn vader na zijn dood nog uren voor me in leven gehouden! Jolie had alle touwtjes in handen... Ze had zelfs een beslissing genomen over de tekst op de rouwkaart, met mama, maar zonder mij. Alsof ik niet meedeed. Niet volwaardig was.

'Je had het me meteen moeten vertellen,' zei ik. 'Je hebt me buitengesloten.'

Ze antwoordde dat het voor mijn eigen bestwil was, dat ze juist probeerde het goed te doen, dat het al moeilijk genoeg was voor mij.

Ik keek naar mijn zusje en wilde dat ze zou gaan huilen, zodat ik haar kon troosten zoals ik dat vroeger deed. Dat zou me het gevoel geven dat ik nog ergens goed voor was.

Ze stond op om te kijken of mama sliep en om de wijnfles te halen.

Ze zal zich er nu wel schuldig over voelen dat ze mij toen niet heeft geïnformeerd, en komt waarschijnlijk om die reden sindsdien elke dag bij me. Sinds de dood van mijn vader laat ik overigens ook mijn moeder elke dag bellen, om halfnegen precies. Mijn moeder doet dat, omdat ik haar gezegd heb dat het is om mij, om te voorkomen dat ík met een gebroken been in de badkamer blijf liggen – maar in werkelijkheid is het omdat ik in elk geval rond háár dood nog een beetje de regie wil houden.

Mijn vader is overigens in Spanje gecremeerd.

Weer geen graf.

In de hal van F&K roept Jolie als ze bij me is: 'Waar was je? Ik heb je gebeld! Ik ben naar je huis geweest! Je hebt niet eens je mobiel bij je!'

De bureaustoel kraakt een beetje als ik met een plof ga zitten.

'Hier,' zeg ik. 'Ik was hier.'

10

Stijgen

Jolie buigt zich voorover om mijn wangen te kussen. Onder iets duurs als Armani of Calvin Klein ruikt ze naar vanille met een vleugje kaneel, zoals ze als baby al deed. Misschien zijn het nestferomonen waarop ik reageer: ze is tenslotte de enige met wie ik nog jeugdherinneringen deel, nu papa dood is en mama nog steeds in Spanje zit. Mijn eigen zusje. Als ze overeind komt veegt ze een traan weg en wordt vervolgens boos, zoals dat gaat bij mensen die ongerust zijn geweest.

'Stomme trut,' zegt ze, 'hoe ben je hier gekomen? Heeft iemand je opgehaald?'

Ik kijk langs haar heen. Daar ergens achter de ramen staat, verloren in de storm, de scootmobiel.

'Je raadt het nooit,' zeg ik in een poging haar met een grapje in een beter humeur te brengen. 'Ik heb eindelijk de scootmobiel in gebruik genomen.'

Ze vindt het helemaal niet leuk, ze kijkt ontsteld.

'In dit weer! Weet je wel hoe gevaarlijk het buiten is!'

Ja, dat heb ik ondervonden.

Dan wordt ze kordaat.

'Mijn auto staat hier vlakbij. Ik breng je naar huis. Die scootmobiel komt later wel. Waar is je jas? Je had toch wel een jas aan?'

Ik kijk in de richting van de garderobe en terwijl Jolie mijn jas gaat zoeken, denk ik aan mijn huis. Ik denk aan de televisie, de lege boekenkast, aan de tuin tussen de flats en de schemerlamp met het gat in de kap.

Ik wil niet naar huis. Al die moeite voor niks? Ik bedenk ineens waarom ik hier ook al weer zo nodig naartoe wilde, misschien juist omdat ik nu naar huis kán, of misschien omdat Jolie vindt dat ik nu naar huis móét. Ik denk aan Felix. En dan aan Kolbert, aan mijn gedicht. Ik heb hier nog iets recht te zetten.

'Nee,' zeg ik als Jolie met mijn jas komt aanlopen. 'Ik ga naar boven.'

Jolie aarzelt.

'We zijn al veel te laat,' zegt ze dan.

'We zijn helemaal niet te laat. Iedereen is nog boven.'

'Ben je al boven geweest?' zegt Jolie. 'Dus je hebt al gehoord dat...'

Ze maakt de zin niet af, maar inmiddels is me wel duidelijk dat mijn zus niet wil dat ik me op de receptie vertoon. Eerst onderschepte ze de uitnodiging, toen weigerde ze me op te halen, en nu wil ze me naar huis brengen voordat ik weer boven ben... Wat wil ze niet dat ik hoor? Wie wil ze niet dat ik zie? Of wil ze zelf niet? Wie weet is er iets aan de hand dat niets met mij te maken heeft?

'Wat is er toch?' zeg ik, en dan half lachend: 'Ben je ontslagen of zo?'

Dat zou immers zomaar buiten mijn gezichtsveld hebben kunnen gebeuren...

Ze kijkt me aan alsof ik niet goed bij mijn hoofd ben. *Die is gestoord.*

'Praat geen onzin. Je hebt daar gewoon niets te zoeken.' En dan, met een geërgerde zucht: 'Maar ik kan je niet tegenhouden.'

Dat kan ze natuurlijk wel, maar kennelijk gaat dat zelfs mijn zus te ver.

Als we even later op de lift staan te wachten, hangt er een ijzige stilte tussen mij en Jolie. Inmiddels zit ik in mijn eigen rolstoel: die heeft ze meegenomen in haar grote auto toen ze mij niet, en de rolstoel wel bij me thuis trof. Dat is attent van haar. De rolstoel is veel comfortabeler dan de bureaustoel waarop ik net zat: er zijn leuningen die me omarmen en die voorkomen dat ik val, er zijn hoepels waarmee het me soms lukt zelf de wielen nog een beetje te bedienen en ik kan hem op de rem zetten. Dat geeft een soort vrijheid. In elk geval een soort gevoel van vrijheid.

Toen ik slecht liep, maar nog liep, toen zeiden mensen: 'In elk geval zit je nog niet in een rolstoel.' Dat leek ze het ergste wat me kon overkomen. En ik zwalkte voort, bestudeerde de stoeptegels op weg van A naar B, telde het aantal te nemen stappen met mijn ogen en zocht de C, de D en de F die me onderweg tot steun zouden kunnen zijn: een deurpost, een tafelrand, de schouder van een toevallige passant. Ik besefte pas hoe mijn blik zich in de tijd verengd had tot steunpunten en stoeptegels – vooral scheefliggende stoeptegels – toen ik me voor het eerst in een rolstoel liet rijden. Toen legde ik mijn hoofd in mijn nek zonder het gevaar te lopen om te vallen en keek naar bomen huizen kerken vlaggen vogels wolken hemel... Dat is natuurlijk moeilijk te begrijpen voor mensen die vanzelfsprekend lopen en voor wie niet elke stap het gevaar met zich meebrengt van een jammerlijke val.

Plingplong. De liftdeuren schuiven open. Jolie draait de rolstoel en rijdt me achterstevoren de lift in. Dat heeft ze geleerd, dat heb ik haar uitgelegd: hoe klote het is om met je rug naar de liftdeuren te zitten. Als je kunt staan, ga je in een lift toch ook niet met je rug naar de deuren staan?

Ze wringt zich langs de stoel (de lift is niet heel groot, de rolstoel wel) en drukt op de knop van de zeventiende verdieping.

'Daar is het niet,' zeg ik. 'Het is op veertien.'

'O ja,' zegt Jolie, en dan: 'Maar we moeten praten.' Ze wil daar kennelijk de tijd voor nemen, dus drukt ze behalve op veertien op de knoppen van de eerste, de tweede en de derde verdieping. Bij alle knoppen zitten logo's van de bedrijven die er zijn gehuisvest.

'Jezus, Jolie,' zeg ik boos. 'Vind je het echt nodig om nú te praten? Híér? We zien elkaar elke dag!'

De lift stijgt, Jolie zwijgt. Misschien zoekt ze naar de juiste woorden? Ik ben een beetje misselijk, heb natuurlijk niet genoeg binnengekregen vandaag: een kop thee, een kop koffie, een boterham en een glas wijn... Ik denk aan het lopend buffet en hoop dat er iets binnen mijn zittend bereik zal staan.

Eerste verdieping, de liftdeuren schuiven open. Een lege, tamelijk kale hal. Hier zit een accountantsbureau, en accountancy is duidelijk niet *fun*. De deuren schuiven weer dicht en de lift gaat naar de volgende verdieping.

Jolie zegt nog steeds niets.

Ik kijk naar haar in haar strakke mantelpak, haar haar in een elegant knotje op haar achterhoofd. Ze is anders dan ik. Blond, rond, gezond. Nu op hoge hakken, bij andere gelegenheden op rubberlaarzen, dus eigenlijk toch ook zoals ik, althans zoals de May die ik had kunnen zijn.

Ik denk aan de wandelschoenen die ik thuis nog heb staan. Grote schoenen zijn het, met van die lange veters. Ik kon het niet over mijn hart verkrijgen om ze weg te doen bij de verhuizing naar mijn gelijkvloerse woning, behield ze tegen beter weten in en ter herinnering aan. Kilometers lang de rustige stappen op smalle bergpaden naar boven, de snelle, verende pasjes naar beneden. Het gemak waarmee de dikke zolen van de schoenen over scherpgerande steentjes liepen of houvast vonden op de rondgeslepen keien in de bedding van een doorwaadbare bergstroom. Helder, koud water. Ruisende stilte met heel in de verte, tegen een andere helling, het geklingel van een kudde geiten met bellen om de nek. De geur van wilde tijm en ijle lucht.

Ik mis het zo.

De wandelschoenen staan op de onderste plank van een kast onder een laagje stof.

Tweede verdieping. Liftdeuren open, liftdeuren dicht. Ik hang tegen de linkerarmleuning van de rolstoel. Op de een of andere manier rol ik altijd naar links.

Eindelijk begint Jolie. Ze zegt: 'Je hebt het echt aan jezelf te danken.'

'Wat?'

'De hele situatie.'

'Ik kan toch zeker niets aan die k-ziekte doen?'

'Wel aan de manier waarop je ermee omgaat,' zegt ze. Hoelang heeft ze dit al op haar lever? De deuren gaan open, de deuren gaan dicht. Niemand te zien. Waarschijnlijk is het hele gebouw uitgenodigd voor de receptie van Kolbert en is iedereen boven. Of naar huis. De werkdag is natuurlijk allang afgelopen, het loopt vast al tegen halfzeven.

Lift omhoog.

'Ik heb schoon genoeg van dat gezeik en gezeur en gezaag en geklaag...' hervat Jolie. 'Niets wat iemand doet is ooit goed genoeg, maar zelf doe je niets. Je maakt nooit gebruik van de mogelijkheden die je nog hebt en stoot iedereen van je af.'

'Wel!' zeg ik 'Niet! Ik ben toch hartstikke lang blijven werken? Ik doe toch mijn best?'

Zie je wel, denk ik. Laf, niet bang. Lui, niet moe. Ik had haar natuurlijk wat vaker moeten bedanken, had haar niet zo ongerust mogen maken vanmiddag, er niet in mijn eentje op uit mogen trekken...

Deuren open.

Deuren dicht.

'Waarom denk je dat er niemand meer belt?' zegt Jolie. 'Waarom denk je dat er nooit meer iemand bij je langskomt? Je zou nog best iets kunnen ondernemen, ook nu nog, dingen kunnen doen. Je weet dat ik je zo meeneem naar...'

Deuren open, deuren dicht – maar kennelijk is Jolie nog lang niet klaar, want ze drukt lukraak op andere knoppen tussen ons en de veertiende verdieping in.

Dat ze me zo meeneemt naar wat? Naar iets waarvan ik niet moe word? Iets wat ik nog goed kan zien? Naar iets leuks, iets met een plee binnen bereik?

'Ik heb het toch geprobeerd,' mompel ik, 'maar ik moet altijd met alles weer stoppen... Dat kan ik niet helpen. Jij weet niet hoe dat is.'

Van alles heb ik nog ondernomen. Ik nam gitaarles, totdat ik mijn eigen vingers niet meer kon voelen en dus zeker de snaren van een gitaar niet. Ik probeerde mijn Frans op te halen, totdat de blinde vlekken in mijn blikveld zo groot werden dat ik moeite kreeg met lezen, zeker van lastige Franse teksten met een niet-vertrouwd woordbeeld. Ik dacht aan een gedicht en plantte zelfs een boom (*'Ik heb een ceder in mijn tuin geplant,/gij kunt het zien, gij schijnt het niet te willen.'*) en ik deed nog meer in de tuin, totdat ik niet meer kon staan. Teleurstelling op teleurstelling op teleurstelling... Is het een wonder dat ik nergens meer aan begin omdat ik toch weer afscheid moet nemen? Dus nu van alles wegdoe voordat het wordt afgepakt?

Het enige waar ik nog naartoe wil, is terug naar vroeger. Naar *temps perdu.*

'En dan dat gezeik met die Keeper! "Hij komt niet, hij belt niet, ik ben niet gelukkig zonder hem..." Denk je niet, May, dat hij er ook genoeg van had?'

'Dat is niet waar! Felix was... Felix is...'

'Felix is een onbetrouwbare klootzak die je aan het lijntje hield.'

'Niet! Hij hield me niet aan het lijntje, ik wist heus wel dat... Hij gaf me...'

Wat gaf Felix me? Geluk dat ze niet af konden pakken, omdat ik het niet had. Niet bezat.

Deuren open, deuren dicht.

'Realiseer jij je wel wat anderen allemaal voor je doen? Hoeveel tijd en zorg en energie er in je gestoken wordt? En wat krijgen we ervoor terug? Een chagrijnige kop en gezeik over Keeper! Alles wijs je af. Lotgenotencontact, diëten die zouden kunnen helpen, fysiotherapie, psychotherapie, haptonomie, acupunctuur, revalideren, mediteren, yoga, reiki... Jij vindt het allemaal maar onzin.'

Bijensteken, denk ik chagrijnig. Die zijn ook een tijdje in zwang geweest als wondermiddel tegen MS, en Jolie zei daarover: 'Je weet het niet, het kan toch? Ik denk dat de natuur meer oplossingen in huis heeft dan we beseffen.'

Sure. Er is ook meer tussen hemel en aarde.

'En hoe je eruitziet! Moet je jezelf nou zien!'

Dat hoeft niet, ik heb beneden al gekeken. En ik kan het toch niet helpen dat ik geen passende receptiekleding meer in mijn kast heb? Shoppen is iets voor mensen met energie en loopvermogen. *'... geen mooie kleren aan/ en elke avond zachtjes snikkend/ zou ze zeggen heus niet om mij/ maar om die last voor jou,'* schrijft Herzberg. Mijn boeken mogen dan weg zijn, flarden van gedichten zijn me bijgebleven. Zijn bij me gebleven.

Als op de zesde verdieping de lift opengaat, onthullen de schuifdeuren plotseling een muizig mannetje. Hij schrikt als hij mij in de rolstoel ziet en doet snel een stap naar achteren. 'Neem me niet kwalijk,' mompelt hij. 'Ik wacht wel op de volgende.' Vervolgens kijkt hij strak naar het plafond, alsof hij bidt dat de deuren snel weer sluiten.

Deuren dicht.

'En ik? Ik kom elke dag!' zegt Jolie.

'Niet waar! Niet in het weekend! En alleen maar omdat je je schuldig voelt omdat je deed of papa leefde toen hij al dood was!'

Ze kijkt me verbijsterd aan.

'Wat? Papa? Dat was voor jou, stomme trut! Jij beseft niet eens hoeveel... Jij bent echt alleen maar met jezelf bezig!' Na een moment stilte voegt ze er nog aan toe: 'Je hebt niet eens de beleefdheid om af en toe naar mijn kinderen te informeren!'

Deuren open, deuren dicht.

Michael, haar oudste, werd een paar uur na zijn geboorte in mijn armen gelegd. Een roze baby met zwart haar. Hij deed één oog open en keek onderzoekend naar me op. *Wat is dat voor een tante?*

'Hé, Micky,' zei ik tegen zijn kreukelige gezichtje.

'Michael,' zei Jolie streng vanaf haar kraambed.

Met haar eerste zoon verwierf Jolie wat ik bezig was te verliezen. Autonomie, autoriteit, zin in het leven en ook: zin van het leven.

Michael woog zes pond en mijn armen konden hem toen al niet lang dragen.

Vanaf de zevende verdieping zijn we op F&K-terrein en als hier de liftdeuren openschuiven staan er ineens zes giechelende meiden voor onze neus.

'O!' zegt er een verschrikt, waarop de andere vijf beginnen te gieren van de lach.

'Moeten jullie naar boven?' vraagt Jolie geduldig.

Weer een lachbui. Ze liggen dubbel.

'Ja... naar de receptie,' zegt er een. Twee proppen zich bij ons in de lift, vier moeten wachten op de andere lift of op de volgende rit. De twee die nu binnen staan nemen ongegeneerd veel ruimte in, zoals kinderen dat kunnen. Ik rijd mijn stoel zo ver mogelijk naar achteren, maar kan niet voorkomen dat er een met spijkerstof omhulde kont vlak voor mijn gezicht komt te hangen. Over de broekband puilt bloot. *Mind your step,* hoor ik achter me. Boven mijn hoofd wordt een lipgloss doorgegeven die naar Fanta ruikt.

'Zijn jullie niet een beetje laat?' vraagt Jolie. In het gezelschap van de twee meiden zie ik dat mijn kleine zusje een vrouw van middelbare leeftijd is geworden.

'O, nee, we waren er al,' zegt de een.

'We waren even naar onze eigen afdeling...' zegt de ander. 'Om te tutten, want er staat boven een gigantische rij voor de damesplee...' En dat is weer vreselijk leuk.

Ze trekken zich verder niets aan van Jolie en mij, doen alsof we er niet zijn en goochelen giechelend verder met lipgloss en mobieltjes. De een toetst een sms'je in op haar telefoon, de ander neemt daar met het hare een foto van. Ze friemelen aan elkaar, zitten aan elkaars kleren en haar en bespreken intussen het lekkere ding dat op Sales is komen werken.

Mijn zus is er nu mee opgehouden op andere knoppen te drukken tussen ons en de veertiende verdieping in, dus we bereiken de receptie zonder verdere tussenstops.

Wanneer de deuren opengaan, lopen ze allemaal de lift uit. Ook Jolie. Vanaf mijn positie lost ze op in de drukte van de receptie. Verbazingwekkend dat er zoveel mensen zijn en dat ze er nog zijn, ondanks het weeralarm. Ze denken vast dat hun niets kan overkomen. Ze denken dat ongelukken en ziekte en dood voor losers zijn, voor vage bekenden en de zus van de moeder van een oudtante. Ze denken dat ze onkwetsbaar zijn, en onaantastbaar.

'Jolie?'

Vergeet ze me of wil ze me vergeten? Ik leg mijn handen op het koude metaal van de wielhoepels en rol mezelf een stukje naar voren. Wanneer ik halverwege de drempel ben, beginnen de liftdeuren zich weer te sluiten en kom ik klem te zitten. Hallo! Ik ben er ook nog! De deuren schuiven snel weer open, bijna alsof ze schrikken.

'Pardon!' roep ik, in een poging ruimte te krijgen. Ik stoot tegen benen en mensen kijken om. Ze reageren verschrikt of verstoord. In het eerste geval roepen ze: 'Sorry!' en springen ze haastig opzij, alsof zij het kunnen helpen; in het tweede geval keren ze me de rug toe en blijven staan waar ze staan. Ik moet niet denken dat ik voorrang heb. Zij hebben ook recht op hun ruimte, ja?

Ik trek me weer terug. De liftdeuren schuiven opnieuw tegen mijn rolstoel aan, schuiven weer open. Waar is Jolie gebleven? Victoria? Iemand anders die ik ken? Kolbert is niet meer aan het speechen, boven mijn hoofd praat iedereen met iedereen, dwars daardoorheen klinkt muziek en daaronder is nog net het geluid te horen van de wind die om het gebouw giert. Links zie ik tussen billen en benen door mensen in een rij. Ze hebben flessen wijn onder de arm, bloemen, in kleurig papier verpakte cadeautjes. Aan het eind van die rij zal Kolbert staan. Als ik hem wil spreken, en dat wil ik, dan zal ik me in de rij moeten voegen.

Ik ben mijn ei vergeten.

Opnieuw schuiven de deuren tegen mijn rolstoel en als ze zich weer hebben geopend, rijd ik achteruit, terug de lift in, als een slak die zich terugtrekt in zijn huisje. Gauw druk ik op de knop van de begane grond, maar als de deuren dicht zijn, begint de lift te stijgen. Er is nog een opdracht voor de zeventiende en opdrachten worden in de goede volgorde afgewerkt. Weet zo'n lift veel. Ik zal moeten wachten. Wachten tot de lift drie verdiepingen is gestegen, wachten tot de deuren zijn opengegaan en weer sluiten, wachten tot we zeventien verdiepingen zijn gezakt.

Maar in wachten was ik goed.

Ik kijk naar de kalender.

De liftdeuren schuiven open.

Zeventien.

Hier zijn geen mensen, hier is geen warmte: hier is tocht en duisternis. Alleen het licht dat uit de lift valt, laat iets van de verdieping zien. De plafonds zijn gestript, tussenwanden verdwenen, een hele buitenwand is dichtgetimmerd met dikke houten platen in afwachting van het glas uit Zweden. Door kieren in het hout raast de storm over kaal beton.

Ik sta op uit de rolstoel en doe een aarzelende stap naar voren. De vloer is bloot, ik loop over de beenderen van het gebouw.

Het uitzicht dat hier was herinner ik me nog. Uitzicht over de stad: de straten en bomen, de parken en snelwegen, de rivier, de weidsheid daarachter, de horizon, de verte, de lucht en de wolken. Al halverwege de hemel, de wereld aan mijn voeten.

Op zoek naar een raam waar nog wel glas in zit, kijk ik om me heen. Achter me sluiten de liftdeuren en vertrekt de lift. Het licht wordt meegenomen.

'Ho,' zeg ik en ik draai me om. 'Ho, mijn stoel.'

Nu is het bijna helemaal donker. Opnieuw voel ik een duizeling, alsof ook deze vloer licht kantelt. Ik zak door mijn benen, dit keer niet eens per ongeluk. Zandkorrels en gruis kleven aan mijn handen en knieën. Ik vlij me neer op het koude beton. Dieper dan dit kan ik niet zinken – wat grappig is, gezien het feit dat ik me op de bovenste verdieping bevind van een hoog gebouw.

11

Noctiluca

Had ik de kracht en het gereedschap, dan zou ik naar de houten platen gaan die hier voor de ramen zitten en er een stuk van weghalen. Ik zie mezelf al bezig met schroevendraaier of koevoet, versplinterend hout, de storm vrij spel. Als zich eenmaal een gat heeft gevormd dat groot genoeg is naar mijn zin, dan zal ik op de kale, ruwe gevelrand gaan zitten met mijn benen naar buiten. De rand zal in mijn spijkerbroek snijden. Onder me meer dan tachtig meter duisternis, want het is inmiddels natuurlijk bijna donker buiten. Voor zover ik ze zal kunnen zien in de verte echter de lichten van de stad: verlichte ramen, verspringende verkeerslichten, straatlantaarns, neonreclames en koplampen, hier en daar een flakkerend oranje of blauw zwaailicht dat zich naar onheil spoedt. Noctiluca.

'Kijk,' zei Felix, daar boven op dat duin.

Ik keek. Hoorde de zachte golfslag van de branding en de verre kreet van een opgeschrikte meeuw.

Hij wees op de lichtgevende sporen die de golven trokken in het diepzwarte water.

'Noctiluca,' zei hij. 'Mooi, hè?'

Hij had al verwacht dat het verschijnsel er die nacht zou zijn: lichtende algen in het schuim van de zee. Speciaal daarom had hij me meegenomen naar het strand.

'Prachtig...' zei ik.

Wat ik echter zag, was duisternis. Mijn ogen namen het zwakke nachtlicht in de golven helemaal niet meer waar. Maar dat zei ik niet tegen Felix.

Hij kuste me en zei: 'Mijn lief.' Dat klonk als een belofte en in mijn hoofd gingen deuren open, naar dat hij van me hield en dat hij als hij terugkeerde van zijn tocht zou blijven en dat hij er altijd voor me zou zijn... Dat was natuurlijk dom. Want denken dat je iets hebt, opent alleen maar deuren naar dat je het weer kwijtraakt.

Het water dat ik nu van hieraf onder me weet, zal ook donker zijn. Zelfs geen scheepslichten vanavond; schepen zullen vanwege de storm in de beschutting liggen van een donkere kade.

Als ik eenmaal in het glasloze raam zit, zal de wind ook mij teisteren. De wind en de kou. De kou zal me de adem benemen, de storm zal aan me trekken en plukken. Kom maar, toe maar. Je hoeft je alleen maar voorover te laten vallen en vallen kun je wel.

Ik stel me voor hoe ik tussen mijn knieën door naar beneden kijk: in het duister zal ik de scootmobiel niet meer kunnen zien en de diepte waarin ik kijk vooral vermoeden. Misschien spreid ik voor ik val mijn armen als een hoopvolle jonge vogel zijn vleugels.

De gedachte aan de diepte beneden me geeft, zelfs terwijl ik eigenlijk gewoon op een betonnen vloer lig en niet verder vallen kan, een wee, onaangenaam gevoel in mijn buik. Dat is doodsangst, en dat is raar. Dat hoort er niet bij.

Misschien moet ik gaan staan, daar in dat gat? Het lot of MS laten beslissen of ik wel of niet mijn evenwicht verlies en of ik naar links of naar rechts val, naar voren of naar achteren, naar binnen of naar buiten? Een dubbeltje op zijn kant. De ziekte die me bepaalt. MS aan de macht.

Ik voel in gedachten dat ik me vastgrijp aan de randen van het hout, zo stevig dat er splinters in mijn handpalmen dringen.

Plingplong.

De lift. Mijn stoel? Ik kijk op. Het is de andere lift, de rechter. Ik zie twee mensen en vermoed dat die ene een van de meiden is die net bij Jolie en mij instapten, nu verwikkeld in een innige zoen met – ik hoop voor haar – het lekkere ding van Sales. Geen van beiden merkt me op en het ding tast zonder zijn hoofd op te heffen met zijn hand naar een knop. De liftdeuren sluiten weer.

Lift weg.

Licht weg.

Wind waait.

Had ik kunnen doen wat ik daarnet had willen doen, dan had mijn zusje nu mijn moeder moeten bellen.

'Mam, er is iets ergs gebeurd...'

Ik voel me schuldig, ga op mijn zij liggen en rol me op. Zelfs die vrijheid heb ik dus niet. Betonscherven op de vloer prikken pijnlijk in mijn botten en door die pijn begin ik te huilen. Ongecontroleerd te huilen, met veel snot en tranen en handen die klauwen in het stof.

'Huil je weleens?' vroeg een verpleegkundige me lang geleden terwijl hij handig het laken onder me rechttrok. Ik moest weer eens aan een of ander infuus.

Ik schudde mijn hoofd en zei: 'Ik ben bang dat ik als ik daarmee begin niet meer kan stoppen.'

Tot mijn verbazing, want dat was toch echt een heel zielige opmerking, glimlachte hij.

'Ooit gehoord van iemand die in het ziekenhuis werd opgenomen omdat ze niet kon ophouden met huilen?' vroeg hij en hij legde een warmtepakking op mijn arm om me straks makkelijker te kunnen prikken.

Ik keek hem verwonderd aan. Nee, eigenlijk niet. Wel van mensen die in het ziekenhuis belandden omdat ze al een maand de hik hadden.

Hij lachte weer. Er zijn altijd kanjers onder het verplegend personeel.

'Maak je geen zorgen,' zei hij, 'er is altijd een boterham die gesmeerd moet worden of een krant die in de bus valt of een kat die eten wil...' Hij zette een glas water naast me neer omdat hij wist dat ik van dit infuus een smerige smaak in mijn mond zou krijgen. 'Dan stop je vanzelf. Tot zo.'

Hij liep weg om een ander te gaan helpen.

Nu en hier echter, op de lege, kale zeventiende verdieping van het gebouw waar ik vroeger werkte, is er geen boterham te smeren, is er krant noch kat om me af te leiden. Ik blijf dus huilen, met gierende uithalen die wedijveren met de wind. Wie het hardste kan. Ik huil om wat was en wat nooit meer zal zijn, ik huil omdat ik nooit afscheid heb kunnen nemen. Nooit een moment, geen monument, geen bloemen, geen graf, geen koffie met cake. Toen mijn linkeroog slechter werd, had ik immers het rechter nog, toen ik niet goed meer liep, kon ik immers nog staan? En: hoe rouw je om een oog of om het verdwijnen van het gevoel in je voetzolen en vingers?

Ik droom nog weleens dat ik mijn handen was, dat ik het koude water over mijn vingertoppen laat stromen en dat ik dat dan kan voelen. Zoals vroeger. Zoals ik vroeger ook voelde dat de lucifer die ik vasthield nog brandde. Nu voel ik dat niet meer, of in elk geval te laat. En in de toekomst zal ik waarschijnlijk mijn handen niet meer zelf kunnen wassen. Een kraan, daar moet je maar net bij kunnen en die moet je kunnen opendraaien.

Ik huil en huil om de wandelingen die ik niet meer zal maken, om de trappen die ik niet meer op durf omdat ik ze niet meer af durf, om mijn evenwichtsgevoel, om de spieren die in de knoop raken of die gewoon niet luisteren, om alles wat vanzelfsprekend was, omdat ik niet meer kan gaan en staan waar ik wil, omdat mijn zelfstandigheid is verdwenen, en ik huil om mijn vader en ik huil om Felix. Ik huil ook om mijn moeder, die helemaal in het verre Spanje is en om Jolie, het zusje dat hulpverlener werd en daarmee als het ware minder zusje.

'Doe jij de was even voor me in de droger? Ik denk niet dat ik nu een mand met natte was kan tillen. Nee, dat shirt mag niet in de droger, dat doe ik nooit...'

'Laat mij het nou tenminste even op mijn manier doen, dan gaat het sneller,' zegt mijn zusje.

Ik hoor: je mag blij zijn dat ik je help, dus bemoei je er niet mee. Ik hoor: graag of niet. Ik hoor Jolie die zich ergert als hulpverlener. Dat krijg je ervan als je niet kunt zeggen: doe het dan zelf, als je het zo goed weet.

Ik zou het echt liever zelf doen.

Ook tussen dankbaarheid en irritatie is de scheidslijn soms maar dun.

Dan loeit het alarm.

F&K heeft als brandalarm een jankende sirene die wordt afgewisseld met een geautomatiseerde vrouwenstem. Ze zegt: 'Dit is een brandalarm. Verlaat het pand. *This is an emergency. Leave the building.*'

Mijn eerste reflex is schuldgevoel want mijn eerste gedachte is dat ik ergens op een knop heb gedrukt. Pas daarna bedenk ik dat ik helemaal niet ergens op een knop heb gedrukt. Ik ga rechtop zitten en houd mijn handen tegen mijn oren in een poging de sirene buiten te sluiten.

'Dit is een brandalarm. Verlaat het pand. *This is an emergency. Leave the building.*'

Met moeite kom ik overeind, zwalk terug naar de lift, druk op de knop, maar op het moment dat ik dat doe bedenk ik dat de liften het niet zullen doen. Liften worden immers in geval van brand als eerste buiten werking gesteld. Raar dat ik nooit heb nagedacht over wat dat betekent voor invaliden. Dat wil zeggen, tot nu.

'Dit is een brandalarm. Verlaat het pand. *This is an emergency. Leave the building.*'

'JA, HOE?!' schreeuw ik terug, want ik raak even in paniek. Rechts naast de liften zit de deur naar het trappenhuis, maar die probeer ik niet eens te openen. Er zijn twee trappen per verdieping, vanaf hier dus vierendertig trappen naar beneden. Dat haal ik nooit.

Ik laat me weer op de grond zakken.

'Dit is een brandalarm. Verlaat het pand. *This is an emergency. Leave the building.*'

De paniek maakt snel plaats voor berusting. Ik ben wel vaker in situaties die ik niet in de hand heb. Je went eraan. Wat dondert het. Ik hoop dat eerst de rook komt. Dat ik stik in de rook voordat het vuur me bereikt. Met de mouw van mijn sweater veeg ik mijn neus af. Weer een vlek, maar ik bedenk dat dat nu al helemaal niet meer uitmaakt, en door die gedachte denk ik aan Victoria. Haar had ik nog willen zeggen hoe knap ik haar vind en hoe sterk. Ik ga liggen, handen tegen mijn oren. In elk geval ben ik opgehouden met huilen. Krant, kat of... brandalarm.

'... het pand. *This is an emergency. Leave the building.*'

Eigenlijk had ik nog wel willen meemaken dat Victoria's haar weer begon te groeien, denk ik, en dat ze de strijd ging winnen. Dat is echter een gedachte aan de toekomst en ik doe al jaren mijn best om die niet te hebben. Gedachtes aan de toekomst gaan over wat ik nog te verliezen heb en wat ik nog verliezen zal. Ze gaan over vallen als ik ga staan, over struikelen als ik wil lopen, over de dag dat ik niet meer zal kunnen lezen als ik lezen wil.

Toen ik mijn boeken naar De Slegte liet brengen, was dat niet omdat ik ze niet meer kon lezen. Ik deed het omdat ik bang was voor het moment waarop ik ze niet meer zou kunnen lezen. Dat moment wilde ik niet beleven, dan konden ze maar beter nu meteen de deur uit.

Het scheelde tenslotte ook in het stof.

Toen ik de diagnose MS kreeg, zei iemand tegen een toenmalig vriendje: 'Zorg dat je van haar af komt. MS geeft alleen maar ellende.' Voor de zekerheid maakte ik het zelf maar vast uit. Dan werd me in elk geval bespaard dat ik in de steek gelaten werd.

Toen ik een keer op een computerscherm een nieuw vlekje aanwees, ergens in de rechterhersenhelft, vroeg ik de neuroloog: 'Wat is dat voor gebied?' Vlekjes op de scan laten zien waar MS huishoudt of huisgehouden heeft.

Hij keek ongemakkelijk. Ik had hem net mijn poëziebundeltje cadeau gedaan.

'Een taalgebied,' zei hij.

Het was informatie die ik niemand vertelde, die ik zelfs voor mezelf probeerde te verstoppen (*niet aan denken niet aan denken niet aan denken*) maar sinds die dag dicht ik niet meer. Taal was alles wat ik nog had. Er zijn mensen die eruit stappen omdat ze hun taal verliezen en ik wilde niet meemaken dat ik niet meer zou dichten omdat ik de woorden niet meer kon vinden.

Dat mijn schrijfhand er eerder mee ophield dan mijn vermogen om over woorden na te denken, dat was puur toeval.

Ik ben, kortom, op een dag in de lente al aan de herfst gaan denken.

'Dit is een brandalarm. Verlaat het pand. *This is an emergency. Leave the building.*' Dat mens begint me de keel uit te hangen. En door de harde ondergrond doet mijn rechterheup pijn. Ik draai me op mijn andere zij. Nu speelt mijn linkerheup op, maar ach, het geeft ook niet: pijn kan ik hanteren. Toekomstgedachtes negeren is veel moeilijker.

'Dit is een brandalarm. Verlaat het p...'

Stilte. Gegier van de storm. Twee mogelijkheden: de vrouw was een foutje en is uitgeschakeld, of ze is door de brand ingehaald en al verzwolgen. Ik blijf liggen waar ik lig, want ik wil nadenken over dat met die lente en die herfst. Dat het glas halfvol is en niet halfleeg, dat ik een hand moet uitsteken als ik wil dat iemand hem pakt, en over al die andere clichés die waar zijn.

Plingplong.

De lift. Als ik opkijk zie ik Jolie, Victoria en nog iemand. En mijn rolstoel.

'Hier is ze ook niet,' hoor ik mijn zusje schril en bezorgd roepen.

'Jezus, wat is hier koud.'

'Misschien zit ze toch ergens in het trappenhuis? Is ze in paniek geraakt?'

'*Mind your step.*'

'Wacht even... Wat is dat?'

'Dat' is ik. Ik ga min of meer rechtop zitten en hoor kreten van schrik. Vanuit de lift moet ik eruitzien als een opgewekte Lazarus, met een gezicht vol tranen, snot en vieze vegen.

'May!' roept Jolie, en ze rent naar me toe, alweer voor zover rokje en hakken dat toelaten. De anderen nemen de rolstoel mee. Ze helpen me overeind, sleuren me in de stoel.

'Ze is bevroren,' zegt Victoria, met haar handen om die van mij.

'Daar moet een glas wijn in,' zegt een ander. Het is Tonke, die vroeger ook op onze afdeling werkte. Ze is duidelijk ouder dan ze tien jaar geleden was en klinkt een tikkeltje aangeschoten. Zorgzaam slaat ze een vestje om me heen en begint hardhandig mijn wangen te wrijven. 'Wawwazznou wwat awarm?' probeer ik tijdens die behandeling te vragen.

'Er was echt brand!' zegt Victoria. 'Nou ja, heel even dan. Er stond beneden in de hal iets in de fik.' Er waren gelukkig mensen daar, vertelt ze, die al op weg waren naar huis vanwege de storm.

'Ze hadden het vuur zo uit, maar het duurde even voor ze wisten hoe ze het brandalarm konden uitschakelen,' zegt Jolie.

'O, shit,' zeg ik.

Victoria stelt me gerust, zegt dat het echt maar een heel klein brandje was zonder echt gevaar, maar ik denk aan de aankomst beneden van Jolie daarnet, *terwijl ik haastig de sigaret in de designprullenbak gooide die onder de balie stond.*

Tonke kijkt me bezorgd en een beetje scheel aan.

'Wat deed je hier nou?' zegt ze. 'Was je de weg kwijt? Wist je niet meer hoe je terug moest komen?'

'Hmm,' zegt Jolie, alsof zij wel beter weet. Ze draait mijn rolstoel in de richting van de lift en ik word als een trofee meegenomen. Ik kijk naar de gezichten boven me. Jolie, Victoria, Tonke... Mijn zusje, mijn meiden – nu allemaal middelbare dames. Ik probeer geruststellend naar ze te glimlachen. De spieren rond mijn mond reageren echter onwennig op die opdracht.

Tonke leunt tegen de liftdeuren, zodat ze openblijven en de lift niet wegkan. Jolie staat bokkig in een hoekje met haar armen over elkaar geslagen. Toen daarnet het alarm afging, was waarschijnlijk ook bij Jolie het eerste wat in haar opkwam dat haar zus wel weer ergens op een knop gedrukt zou hebben.

Ben ik voor Jolie ook minder zus geworden, zoals Jolie minder zus werd voor mij? Ben ik meer een bron van zorg, last en ergernis dan een zus?

Victoria kamt voor de tweede keer vandaag mijn haar, overhandigt me een tissue en klopt mijn kleren af. Ik veeg met de tissue over mijn gezicht en snuit mijn neus. Tonke tovert mascara tevoorschijn, waarmee ze iets aan mijn dikke, rode ogen wil doen, maar ze steekt het borsteltje bijna in mijn rechteroog. Jolie zwijgt, maar de andere twee kwetteren over wat ik hier nou toch boven in m'n eentje deed en dat ze zich te pletter schrokken van die lege rolstoel in de lift en weet je nog dat hier vroeger ook weleens brandalarm was en dat die storm maar niet afneemt en of ik ook al heb gevoeld dat het hele gebouw beweegt?

O, denk ik. Was dat het.

Nu heeft Victoria het over een wolkenkrabber in New York waar ze ooit is geweest, en waarover het verhaal ging dat hij in stormen zo heftig bewoog dat ze de mensen die er werkten pillen gaven tegen zeeziekte. Terwijl ze vertelt, denk ik: als je zoiets hebt als MS, dan schrijf je altijd alles toe aan zoiets als MS. Tintelingen in je arm: gewoon omdat je er de hele nacht op hebt liggen slapen. Blinde vlekken in je ogen: gewoon omdat er vieze vegen zitten op de glazen van je bril. Je mislukte leven: gewoon omdat je zelf...

Er is vandaag niet iets heel erg mis met mijn evenwichtsorgaan; het is gewoon het hele kantoor van F&K dat in de storm heen en weer staat te zwaaien. Dat had ik moeten bedenken. Alsof ik dat had kunnen bedenken. Ik heb er vroeger nooit iets van gemerkt. Of stormde het vroeger niet zo hard? Komt dat door de klimaatverandering?

Overigens denk ik nu, vlak na het brandalarm, even liever niet aan wolkenkrabbers in New York. Ik moet toch eens uitzoeken hoe dat zit, met brand en lift en gehandicapten. Zijn kreupelen in een brandend gebouw het offer dat bij voorbaat wordt gebracht, net als in het vliegtuig? Rookoffer? Was er in het WTC ook een ongelukkige invalide?

12

Vis

Het is niet meer zo heel druk op de receptie. Mensen lijken het brandalarm te hebben aangegrepen om naar huis te gaan. Onder de achterblijvers – toch nog steeds wel honderd – heerst een wat lacherige sfeer. Het was natuurlijk een hele schrik en men is van zijn à propos. Weeralarm, brandalarm – alsof er geen eind aan komt vandaag!

Jolie laveert me tussen de benen van de laatste gasten door en ik kijk omhoog om gezichten te herkennen, maar dan denk ik aan mijn ongetwijfeld nog dikke, rode ogen en kijk maar weer naar beneden. Ik maak mezelf zo klein mogelijk. Jammer dat de rolstoel zo groot is. Hier en daar roept iemand: 'Hoi, Jolie!', en er is zelfs iemand die verrast roept: 'May!', maar mijn zus duwt me vastberaden in de richting van waar zonet de rij voor Kolbert stond. Daar staan nu nog maar een paar mensen. Als ze ons zien aankomen, ik in mijn stoel, wijken ze eerbiedig opzij. *In winkels voor haar beurt gaan,/ bij optochten vooraan staan...* Als Kolbert me ziet, steekt hij twee handen naar me uit. Achter hem zie ik een tafel beladen met bloemen, boeken, cd's, wijn in houten kistjes en peperdure whisky. Een chiquerige vrouw, zo eentje van elke week naar de kapper, staat er in haar beste kleren bij met een glimlach om haar lippen en permanent bezorgde ogen. Mevrouw Kolbert? Ze zegt niets, maar glimlacht naar me.

'May,' zegt Kolbert met een warme stem. 'Je bent er toch.'

Vroeger was hij een rijzige man, maar de tijd heeft hem doen krimpen. Hij pakt mijn handen vast en buigt zich naar me toe, waardoor zijn gezicht gaat hangen. Dat zie ik bij iedereen boven *a certain age*. Het is weinig flatteus en het voelt als wraak. Niet wraak voor 'jij staat en ik moet zitten', maar voor alle keren dat me het gevoel is gegeven dat ik lastig ben, in de weg zit, voor de keren dat ik beschouwd werd als blok aan been, men badinerend of denigrerend of kleinerend deed. Dat ik zie dat hun wangen op zeker moment gaan hangen, is mijn zoete vergelding.

Niet dat Kolbert ooit badinerend of denigrerend is geweest, integendeel. Hij zat natuurlijk als K van F&K hoog in de hiërarchie en ik had in mijn dagelijks werk niet zo vaak met hem te maken. Maar ik heb wel veel aan hem te danken en daarom zeg ik nu per ongeluk 'dankjewel' tegen hem in plaats van dat ik hem feliciteer. In de floers van vermoeidheid ben ik vergeten waarom we hier ook alweer zijn. Ik zie Jolie haar wenkbrauwen fronsen, maar Kolbert lacht.

'Waarvoor?' vraagt hij.

In de tijd dat ik de diagnose MS kreeg was er nog geen wettelijke beperking op medische keuringen, dus toen de freelancecontracten waarmee ik bij F&K begon omgezet zouden gaan worden in een vaste aanstelling, werd ook ik gekeurd. Armen, benen, longen, oren en zelfs ogen waren goed genoeg. Beperkingen waren er nog nauwelijks. Er was echter ook een vragenlijst die naar waarheid ingevuld diende te worden, met vragen over of ik bij een specialist onder behandeling was... Natuurlijk was een abonnement op neurologie onheilspellend genoeg om me af te keuren.

Toen bemoeide Kolbert zich ermee. Hij was degene die een stokje stak voor mijn afkeuring. Dankzij hem kreeg ik toen toch een arbeidscontract, en daardoor heb ik nu een uitkering die in elk geval het bijstandsniveau overstijgt. Daarvoor heb ik hem misschien nooit genoeg bedankt.

Vandaar.

Hij glimlacht.

'We zouden wel gek zijn geweest om een van onze meest talentvolle medewerkers te laten lopen omdat ze misschien ooit beperkingen zou krijgen,' zegt hij. Hij heeft gelijk: er zijn genoeg mensen met MS die er nauwelijks hinder van ondervinden.

Ik weet niet goed wat ik moet zeggen en schuif een beetje gegeneerd in mijn stoel heen en weer. Bijna zeg ik: *nou, zo talentvol was ik nou ook weer niet*, maar gelukkig beperk ik me tot: 'O, en gefeliciteerd, natuurlijk. Dat vooral.'

Ik voel me onhandig omdat ik geen cadeautje bij me heb en denk aan mijn ei. Zou hij blij zijn geweest met een ei? Zijn vrouw vast niet.

Hij zegt: 'Ik heb je e-mails gestuurd. Zelfs een keer een brief. Om je te vertellen hoe prachtig ik je bundel vond.'

Ik kijk omhoog naar Jolie. Heeft ze werkelijk ook aan mij persoonlijk gerichte brieven verdonkeremaand? Waarschijnlijker is dat Kolbert de brief door zijn secretaresse heeft laten typen en dat die hem in een gewone F&K-envelop heeft gestopt. Daardoor waren brieven van Kolbert natuurlijk niet te onderscheiden van kerstkaarten of receptie-uitnodigingen. De kaarten en uitnodigingen die Jolie pijnlijke herinneringen vond die me beter bespaard konden blijven en daarom in de groenbak verdwenen.

Jolie staat naar de cadeaus te staren.

'Verbazingwekkend vond ik het overigens niet,' zegt Kolbert. 'Ik noem onze copywriters vaak *poètes modernes*.'

Ik denk niet dat die term in het licht van de Franse literatuurgeschiedenis correct is, maar Kolbert gebruikt hem met trots. Hij is het type man dat altijd weet te zorgen dat hij zelf in de gloed staat van de complimenten die hij uitdeelt.

'Ik weet niet of je er al was toen ik speechte,' gaat hij verder, 'maar ik ben zo vrij geweest een gedicht van je te citeren.'

'"Afdromen,"' zeg ik.

'Ja!' knikt hij. Hij buigt zich naar de tas die onder de tafel met cadeaus staat en haalt mijn bundeltje eruit. *May*. Er zit een gele Post-it tussen de bladzijden.

'Wil je me het plezier doen om deze voor me te signeren?' vraagt hij en hij zoekt in de binnenzak van zijn colbert naar een pen. Het is een dure vulpen die hij tevoorschijn haalt.

Zijn vrouw maakt op de tafel met cadeaus ruimte, ik rol mijn rolstoel zelf naar de tafel – de mensen die nog op Kolbert stonden te wachten glimlachen met iets wat op vertedering lijkt. Kolbert schroeft de dop van de vulpen, slaat de bundel open en legt hem voor me neer. Ik voel dat ik een kleur heb. Dit is leuk, denk ik. Zie je wel dat er nog leuke dingen zijn? Ik zet de punt van de pen op het papier, maar die eerste aanzet eindigt jammerlijk in een spastische kras en een inktvlek.

De pen glipt uit mijn hand en valt op de grond.

Zelfs dat kan ik dus niet; ik kan mijn eigen naam niet meer schrijven, niet eens mijn eigen poëziebundel signeren. Eigen schuld, denk ik. Je verheugde je erop, je vond het leuk. Had je niet met jezelf afgesproken dat je dat niet meer zou doen, dat je je niet meer zou verheugen, niet meer blij zou zijn met wat er komen gaat? Wordt niet immers alles wat leuk is afgepakt? Alles waarop je je verheugt?

'Sorry,' zeg ik, 'schrijven gaat niet meer zo goed...'

Ik hoop dat de pen niet op de punt is gevallen, want dan kan Kolbert er ook niet meer mee schrijven. Hij raapt hem echter van de grond en schroeft zonder ernaar te kijken de dop erop. Dan pakt hij de bundel op en blaast voorzichtig de inktdruppel droog.

'Dit is een dierbare vlek,' zegt hij, 'die het hele verhaal vertelt.'

Hij meent het.

'Nou,' zegt Jolie als ze me wegrijdt, 'dat was wel heel aardig van hem, hè?'

Aardig?

'Ik denk dat hij mijn gedichten echt mooi vindt,' zeg ik.

'Ja, misschien.'

Toch was Jolie ooit, voordat de verkoopcijfers zo akelig tegenvielen, best trots op mijn boekje, ze heeft het tenminste links en rechts cadeau gedaan. Maar ze heeft me ook een keer gevraagd of het misschien wat vrolijker kon, of ik ook op iets anders kon rijmen dan 'afgelopen', 'voorbij' en 'dood'.

'Ik moet iets eten,' zeg ik. 'Ik heb te weinig gegeten vandaag.'

Jolie parkeert me bij het buffet en wordt dan weggeroepen door een man die ik niet ken.

'Wacht even,' zegt ze. 'Ik ben zo terug.' Zo'n receptie is er natuurlijk niet alleen voor fun en feest – er moet genetwerkt worden, er moeten deals worden gesloten, afspraken gemaakt, verbondjes gesmeed en visitekaartjes uitgewisseld. Dat geldt althans voor degenen hier die nog iets in de melk te brokkelen hebben of in elk geval voor degenen die daartoe de ambitie koesteren. Niet voor al gepensioneerden of anderszins uitgerangeerden. Die hebben alleen herinneringen uit te wisselen.

Jolie loopt met de man weg en laat mij achter bij het buffet.

Iedereen hier kan door de grote ramen naar buiten kijken, naar de lichtjes van de stormachtig donkere stad. Vanaf mijn zittende een meter dertig kijk ik nu recht in de ogen van een dooie vis.

Je kunt het als een metafoor zien.

Om de een of andere reden zijn de buffetten bij F&K altijd visbuffetten. Waarschijnlijk heeft F of K een familielid in de catering met een voorkeur voor vis, of heeft dat familielid weer een schoonfamilielid die in de vis zit. Zo gaan die dingen. Vroeger maakten we er grapjes over. Forel en Kabeljauw, Filet en Ko, Fish and Knothing else. Degenen die niet van vis hielden, hadden pech bij F&K, maar toch nog kaas, nootjes en olijven. En wijn.

De vis die ik nu in de gedeukte ogen kijk, is een gerookte zalm. Zijn kop ligt naar me toe en zijn open bek grijnst alsof hij zich niet bewust is van hoe hij erbij ligt: een kok heeft zijn buik aan flinters gesneden en het roze-glimmende vissenvlees opgerold in kunstige roosjes. Eromheen liggen schijfjes citroen, takjes dille en zilveren vorkjes.

Ik houd van zalm en erg van dille, maar ga het natuurlijk niet wagen om met zo'n klein vorkje in een zalmroosje te prikken. Dat eindigt halverwege op het witdamasten tafelkleed, of in het ergste geval op mijn schoot. Weer een vlek. Een vissenvetvlek. Nee, het enige wat ik aandurf is een stuk stokbrood: dat geeft geen vlekken en het staat (bijna) binnen handbereik. Alleen oppassen dat de mouw van mijn sweater niet in de soep hangt als ik ernaar reik, of in een garnalensalade. Een lopend buffet is nu eenmaal ingericht op lopende mensen. 'Afgestemd op valide, volwassen personen,' herinner ik me dat ik ooit ergens las. Maar dat ging natuurlijk niet over visbuffetten, het ging over rampenplannen. Wat me weer aan het brandalarm doet denken, en aan de lift. Afgestemd op valide, volwassen personen... Stik er maar in, kinderen en kreupelen, blinden en doven, achterlijken en ouden van dagen.

Ik eet het brood en kijk om me heen, in de hoop dat ik eindelijk iemand zie die ik ken. Er lopen een paar jongetjes te bedienen in witte overhemden met zwarte strikjes. Ze balanceren met dienbladen vol drankglazen tussen de overgebleven receptiegangers door. Een van de jongetjes laat zijn blad rakelings over mijn hoofd scheren en ik spreek hem aan. Daar schrikt hij van.

'Mag ik een droge witte wijn?' vraag ik, en zo te zien neemt hij de vraag letterlijk. Hij kijkt althans geschrokken om zich heen of hij misschien iemand kan vragen of die mevrouw in die rolstoel inderdaad wijn mag.

'Ik rijd niet zelf,' zeg ik zuur, 'ik laat me rijden.'

Hij lacht te hard, zegt sorry en overhandigt me een glas. Ik neem meteen een grote slok. Zo. Brood en wijn, wat kan mij nog gebeuren?

Dat ik uit mijn rolstoel zak van vermoeiheid, dát kan me gebeuren.

Dat ik alweer moet plassen, dat kan ook gebeuren.

Ik leg mijn stuk stokbrood op mijn schoot en klem het glas wijn tussen mijn knieën. Op die manier heb ik twee handen vrij om een stukje naar achteren te rijden, weg uit het licht en weg van de dode vis. Met mijn rug tegen een wand heb ik een beetje rust en kan ik proberen te vergeten dat ik eigenlijk moet plassen. Bovendien kan ik me vermaken met de gezichten van de paar mensen bij het buffet. Ik zie hoe sommigen gretig hun blik over schalen en schotels laten gaan, met een bordje in hun hand. Ik zie iemand keuren wikken wegen kiezen likkebaarden en bij voorbaat slikken, maar ik zie ook iemand die de gerechten wantrouwig bestudeert. Hij gruwt onverholen bij de aanblik van wat er nog over is van de mosselen, kreeft en calamaris. Iemand strijkt onbewust met een hand over zijn lege maag, een ander juist over haar te volle heupen. Maar ik zie helemaal niemand die ik van vroeger ken. Dat is logisch: in dit soort beroepsgroepen blijft niemand meer dan tien jaar vrijwillig bij hetzelfde bedrijf. Jubilea worden hier maar zelden gevierd.

'May?'

Ze hurkt bij mijn stoel neer.

O, god. Zij is er nog wel.

In een vorig leven meed ik haar op feesten en partijen. Dat deden we allemaal. We wisten dat dat helemaal niet aardig was, maar vonden dat het aan haarzelf lag. We werden altijd zo moe van haar. Het enige waarover ze immers kon praten was rampspoed, ellende en ongeluk. Het was niet per se haar eigen leed, het kon ook dat van haar moeder zijn, van een buurvrouw, de kennis van een vriend, de man van een collega of van haar hond, maar altijd ging het over infarcten, aneurysma's, artritis en osteoporose. Soms over echtscheidingen, ontspoorde kinderen, verslaving of fatale auto-ongelukken. En altijd was ze veel te lang van stof. Dat deed ze expres, dachten we, omdat immers niemand zich kon omdraaien en weglopen zolang zij midden in een tragisch verhaal zat over dwangneuroses of dwarslaesies. Dat doet niemand. Dat deden zelfs wij niet. Haar tactiek was dus om zo lang mogelijk midden in haar tragische verhaal te blijven en zich op die manier van gezelschap te verzekeren.

Victoria is de enige die ik na een openingszin over de pijnklachten van een buurman heb horen vragen: 'Is hij dood?'

'Eh... nee, dat niet, ma –' zei Magda.

'Goed zo,' zei Victoria. 'Gelukkig maar.' En ze draaide zich om naar een andere gesprekspartner. Ik zei al: we waren helemaal niet aardig. En nu krijgen we straf. Ongetwijfeld is zowel Victoria als ik het onderwerp van Magda's nieuwe tragische verhalen. *Heb je gehoord van Victoria? Ernstig, hoor.*

Ze is op haar knieën voor me gaan zitten en kijkt naar me op als een blije hond. Daardoor moet ik naar beneden kijken, en ik voel mijn wangen hangen. Ik zit letterlijk met mijn rug tegen de muur en kan geen kant op. Ik ben helemaal van haar. Het ergste is: zolang Magda hier zit, zullen anderen uit de buurt blijven. Wat nu? Als ik haar vraag hoe het met haar gaat, krijg ik natuurlijk een ellenlang verhaal. Er is vast wel een kwaal te bespreken. Maar als zij aan mij vraagt hoe het met mij gaat, dan lever ik haar ammunitie voor jaren. 'Die zus van Jolie, hè, die May, die is zo zielig...'

Ik kijk haar in het gezicht. Rond haar ogen zie ik lijnen die ze vroeger niet had: ook Magda is ouder geworden. Het schiet me te binnen dat zij degene is die ik naar Felix zou kunnen vragen. Als iemand zijn laatste uren voor me kan beschrijven, dan is Magda het. Zij weet natuurlijk ook niet méér dan ze erover heeft gehoord, maar ze is vast heel bedreven in het invullen van gruwelijke details.

Toen Felix na de tocht in de Sierra Nevada niets meer van zich liet horen, zei ik tegen Jolie: 'Hij is dood.'

Zijn mooie, sterke handen uitgedroogd en roodverbrand.

'Hoezo?' zei Jolie. 'Dat weet je toch helemaal niet? Hij is vast wel ergens...' Ze knielde voor me neer om mijn veters te strikken.

Zijn kleren gerafeld, huid eerst bruin dan rood dan grijs...

'Hij is dood,' herhaalde ik. 'Dat voel ik.'

'Hij laat gewoon lang niets van zich horen,' zei Jolie en daarna voegde ze er spottend aan toe: 'Dat is wel vaker gebeurd, als ik me goed herinner.'

Na maanden door de woestijnwind weggeblazen van zijn botten...

'Nu is het anders.'

... als droge schilfers perkament.

'Hij is omgekomen in de woestijn. Van dorst of van hitte.'

'Pff,' zei Jolie. 'De Sierra Nevada is geen woestijn, hoor. Of in elk geval niet alleen maar woestijn. Volgens mij is het best een mooi natuurgebied.'

'O,' zei ik. Wat wist ik er ook van? Ik heb het ook maar allemaal bedacht. De woestijn die ik in mijn hoofd had uitgevouwen, rolde ik gauw weer op en ik bedacht nu groene bergen, bergstromen met helder koud water.

'Toch is hij dood.'

Jolie stond op en keek peinzend op me neer.

'Oké,' zei ze toen. 'Als jij dat wilt. Als dat het makkelijker voor je maakt.'

Het punt is dus: ik was het zelf, die Felix doodverklaarde. Jolie heeft het alleen nooit tegengesproken. Zij vond het waarschijnlijk beter zo en iets in mij vond dat ook, want wat je niet meer hebt kun je ook niet meer verliezen. En elke dag die verstreek zonder dat hij van zich liet horen, bevestigde mijn vermoeden. Elke dag, en daarna elke week, elke maand, elk jaar... Tot ik niet anders kon dan concluderen dat ik gelijk had. Tot vannacht. *Mijn lief.*

Magda praat al vijf minuten tegen me en ik heb niet geluisterd. Ik moet echt heel dringend plassen. Ik kijk om me heen waar Jolie gebleven is of... Ik moet nú. Zal ik gaan lopen? Dat haal ik vast niet; de wc's zijn helemaal bij de lift. Met tegenzin vraag ik daarom Magda of zij me naar de toiletten wil rijden. Ze kijkt verschrikt, ik geloof dat ze het net had over hartfalen en leverkanker. Dan komt ze bereidwillig overeind.

 Het probleem is: eigenlijk wil ik niet dat Magda aan mijn rolstoel zit. Eigenlijk mogen alleen mensen aan mijn rolstoel zitten die ik vertrouw. Van wie ik hou. En zie je wel? Meteen als Magda begint te duwen rijdt ze hard tegen de kuiten van een vrouw op. De vrouw roept 'au', ik roep 'sorry', de vrouw kijkt om en roept dan ook 'sorry', en stapt opzij op de tenen van de man naast haar. Achter me lacht Magda te luid. Ze zegt dat ze hier niet zo goed in is, en pardon hoor, ze moet nog een beetje oefenen.

 Ik wil dit niet.

 'Ho,' zeg ik. Ik zet het wijnglas weer tussen mijn knieën en trek met twee handen beide remmen van de rolstoel aan. De stoel stopt abrupt; de wijn klotst over mijn spijkerbroek. Magda heeft niet gezien of niet begrepen dat ik de remmen heb aangetrokken en blijft duwen, zo hard dat de rolstoel bijna vooroverkiept. Mij erbij, wijn erbij.

 'Ho, stop!' zeg ik, harder nu. Mensen kijken om.

 Ik wil weg.

 Gelukkig zie ik dan Victoria en haar kan ik een wanhopige blik toewerpen. *Red me!* Ze lacht, steekt haar tong uit, komt dan toch naar me toe, buigt zich voowith als om me te omhelzen en fluistert: 'Vind je het niet leuk bij Magda?'

'Kreng!' sis ik en ik merk dat ik het heerlijk vind om een beetje gepest te worden. Het voelt een stuk beter dan medelijden. 'Breng me naar de plee s.v.p.'

'Zeg iets,' sist ze terug. 'Liefst iets vileins. Daar had je vroeger ook nooit moeite mee, en ik neem aan dat die goede eigenschap niet wordt aangetast door een beetje MS.'

Ik? Vilein? Moet zij zeggen!

'Magda!' roept Victoria nu over mijn hoofd heen. 'Wil je dat nooit meer doen!' Magda laat kennelijk (ik kan dat niet zien) verschrikt de handvatten van de rolstoel los.

'Maar ze vroeg zelf...'

'Ze mag niet schudden,' zegt Victoria. 'Heeft ze dat niet gezegd? Als ze schudt, dan krijgt ze...' Ze aarzelt.

'Barstjes,' zeg ik lachend. 'Heel erge barstjes.'

'Heel *enge* barstjes,' verbetert Victoria me zonder een spier te vertrekken, 'en dikke, rode ogen. O, kijk, het is al te laat.' Ze neemt me van Magda over en rijdt me weg van haar en het buffet.

Ergens in haar leven heeft Victoria handigheid met rolstoelen opgedaan en ze stuurt me feilloos tussen de mensen door. Na een meter of tien beginnen we alle twee te giechelen en voel ik gezichtsspieren die zich verbazen. Nu moet ik oppassen, want ongecontroleerd lachen is me ook als MS-symptoom beschreven, en hoewel ik niet helemaal weet wat ik me erbij moet voorstellen, jaagt het idee van ongecontroleerd lachen me om de een of andere reden nog meer schrik aan dan ongecontroleerd huilen. Datzelfde zal ongetwijfeld gelden voor de aanwezigen hier, dus ik kan maar beter niet in een ongecontroleerde lach schieten.

13

Troon

Op de wc leun ik moe tegen de zalmroze tegeltjes die hier de muur bekleden. Geplast heb ik al, ik moet nu moed verzamelen en een laatste beetje energie om met Victoria mee te gaan op zoek naar de paar mensen die hier zijn, die er nog zijn, met wie ik vroeger werkte, die ik van vroeger ken. Ooit waren ze meer dan collega's; ze waren mijn sociale netwerk, dat verdween. Dat ik heb laten verdwijnen.

Elke keer als ze mailden of belden of schreven, waren er die vragen.

'Zal ik morgen op de koffie komen?'

'Kom je morgen eten?'

'Ga je morgen mee naar de film?'

'Misschien,' zei ik dan, 'het hangt ervan af hoe moe ik morgen ben.'

In het begin deed ik het nog wel, heus wel, maar ik merkte dat ik steeds vaker tegen grenzen aan liep waarvan ik nog niet eens wist dat ik ze had. Dat ik de buitenwereld steeds minder kon bijhouden omdat iedereen zo snel liep, bijvoorbeeld. Zo lómp ook: men botste tegen me op of duwde me opzij, zodat ik letterlijk en figuurlijk mijn evenwicht verloor. De wachttijd voor de kassa in de bioscoop leek bij elk bezoek langer te zijn, net als de tijd die ik moest wachten op mijn beurt bij de wc. En in de theaterzaal werd het pad naar mijn stoel eindeloos... Ik hield ermee op, had steeds minder zin om buiten de deur mijn nieuwe grenzen te ontdekken. Laat mij maar in de beslotenheid van mijn eigen huis blijven, binnen de grenzen die ik ken. De dagelijkse worsteling met het dopje van de tandpastatube is al erg genoeg, maar thuis is die tenminste privé.

Soms vroegen de mailtjes en brieven en telefoontjes alleen maar: 'Hoe gaat het met je?'

Terwijl ik dat mezelf niet eens meer vroeg.

'Er zijn er niet zoveel, hoor,' zei Victoria. Sommigen hebben zich het brandalarm aangetrokken en zijn al weg, anderen trokken zich het weeralarm aan en bleven thuis. Een is op reis, een woont er nu in New York, maar de meesten raakten gewoon uit beeld, die gingen naar andere bureaus en bedrijven. De paar mensen die er zijn of die er nog zijn, vinden het echter leuk om me weer te zien, zei Victoria. Zeiden ze tegen Victoria. Zullen ze straks tegen mij zeggen.

Ik heb niet aan hen gedacht toen ik op mijn scootmobiel van huis vertrok, want toen dacht ik alleen aan Felix. En daarnet heb ik helemaal niemand gezien die ik ken van vroeger, behalve Kolbert, Victoria, Tonke en Magda.

Ik word nu een beetje zenuwachtig, want wat zullen ze zeggen, degenen die ik zo ga ontmoeten? Zullen ze het me kwalijk nemen dat ik nooit meer iets van me heb laten horen? Dat ik niet meer bereikbaar ben per e-mail, geen brieven meer beantwoord, kortaf ben aan de telefoon?

Ze zullen natuurlijk kritiek hebben! Ze zullen zeggen dat zij met zo'n diagnose van het leven hadden gemaakt wat er nog van te maken viel – zij wel! Zij waren leuke dingen gaan doen, ze zouden zijn gaan reizen, hadden liefst een wereldreis gemaakt om nog van alles te zien en te beleven. Van Polen tot Patagonië waren ze gegaan, en van Spitsbergen tot Sierra Leone. Ongetwijfeld hadden ze het carnaval in Venetië meegemaakt, hadden ze het Guggenheim bezocht en het Prado, Ayers Rock en de Grand Canyon, zouden ze naar de Taj Mahal zijn geweest en naar de *Guernica*, de *David* en de *Mona Lisa*. *For the Love of God*.

En anders hadden ze het wel in het spirituele gezocht. Troost en genezing gevonden bij een Tibetaanse goeroe of in een Grieks klooster, bij klankschalen of een kerk. 'Moe' of 'hoe steil zijn de trappen?' zouden ze niet bedenken bij al die plannen. 'Waar plassen' al helemaal niet. Of misschien hadden ze het wel bedacht, maar heel verstandig optimistisch opgewekt geredeneerd: komt tijd, komt raad, en *we'll see, when we get there*.

Ze hadden het vast en zeker allemaal veel beter gedaan dan ik. Maar ik heb dan ook nooit beweerd dat ik goed ben in patiënt zijn. Daarvoor ben ik niet opgeleid, niet opgevoed. Mijn ouders leerden eerst mij en daarna Jolie om zelfstandig in het leven te staan, op alles voorbereid, van niemand afhankelijk en niemand nodig. Sleutelkinderen. Ze vergaten me alleen de sleutel te geven naar hoe je omgaat met beperkingen. Hoe je het moet doen als je wél afhankelijk wordt. Dat heb ik nooit geleerd.

Ik druk op de spoelknop van de wc en trek mijn broek omhoog. Worstel met de knoop, klap het deksel van de wc naar beneden en ga erop zitten om nog even uit te rusten. Trek een velletje papier uit de houder, snuit mijn neus, verfrommel het tot een propje. Trek nog een velletje uit de houder en probeer de wijnvlek op mijn broek droog te wrijven.

Ik luister of ik de storm hoor, maar die kun je hier natuurlijk helemaal niet horen. Of misschien is de wind inmiddels gaan liggen; de voorspelling was dat hij vanavond zou afnemen.

Hoe laat is het nu?

Hoelang ben ik hier al?

'May?' vraagt Victoria door de dichte deur.

'Ja,' zeg ik, 'ik kom.'

Victoria zal zich wel afvragen wat ik in godsnaam aan het doen ben, dus ik spoel nog een keer door en hoor hoe het water onder het wc-deksel door ruist. Dan trek ik opnieuw een velletje uit de houder en snuit luidruchtig mijn neus. Dat ik weer zit te huilen, is de boodschap.

'Hoe laat is het?' vraag ik.

Stilte, waarin ze misschien op haar horloge kijkt.

'Kwart over zeven.'

Vroeg nog. Er is zoveel gebeurd. Maar als ik nu naar huis ga, als ik me door Jolie thuis laat brengen, dan haal ik het nieuws van acht uur makkelijk. Op de bank voor de tv met thee en Malgré en daarna een detective.

'Ik wil eigenlijk naar huis,' zeg ik tegen de dichte wc-deur.

'Naar huis? O, oké... Zal ik Jolie even roepen?' Is dat teleurstelling in Victoria's stem? Ik hoor haar vertrekken. Staar naar de deur van mijn hokje. Er hangen geplastificeerde instructies met een dringend verzoek om gebruik te maken van de 'sanitaire zakjes', en er hangt ook een bordje dat het verboden is om te roken op de wc. Ik denk weer aan de sigaret die ik beneden in de prullenbak heb gegooid en ik denk aan het brandalarm. Ik voel mezelf blozen. Blozen in je eentje is zinloos blozen.

Ik hoor de deur van de toiletruimte weer opengaan.

'May? Ben je daar?'

Na al die jaren herken ik zijn stem meteen. Ik glimlach en zeg: 'Kroon, dit is het damestoilet.'

'*So what?*' vraagt hij.

Misschien heb ik hem met mijn vage ogen nog niet herkend omdat hij als vrouw is vandaag. Dat deed hij vroeger wel vaker op feesten. Hoewel het afscheid van Kolbert misschien niet de meest passende gelegenheid is voor dat soort fratsen.

Ik leun achterover tegen de stortbak, een beetje blij om zijn stem te horen en me ervan bewust dat ik zo een raar soort audiëntie houd: een audiëntie bij Queen May I, de plee haar koninkrijk, de toiletpot haar troon, de deur dicht.

'Hoe is het met je?' vraag ik, om zijn vraag voor te zijn. 'Hoe is het met Wim?'

Kroon – eigenlijk Conrad, maar dat werd verbasterd toen hij een keer op een feest arriveerde als *drag queen* – slaakt een dramatische zucht.

'Wim is voorbij,' zegt hij. 'Alweer jaren. Je loopt achter, meid, je hebt Azer gemist en daarna Diederik.'

Klinkt daar een verwijt? Sommige mensen waren heel hardnekkig in hun pogingen contact met me te houden. Kroon ook. Nog lang bleef hij me bellen, schrijven en bezoeken. Ik heb er best moeite voor moeten doen om in de steek gelaten te worden.

'Ach, Kroon...' zeg ik. Neem me niets kwalijk, verwijt me niets.

'Nu ben ik alweer een jaar single,' zegt hij. '*O my,* o May, ik ben een eenzame ouwe nicht geworden.'

Het verdriet dat ik in zijn stem hoor is echt.

'Blijf je daar zitten?' vraagt hij. 'Of mag ik je ook nog even zíén en even vásthouden?'

Ik staar naar de tekst over de sanitaire zakjes.

Soms, hier op kantoor, als iedereen al naar huis was, zaten Kroon en ik rug aan rug in de vensterbank op onze verdieping en keken naar de stad beneden ons. Rug aan rug maakte het makkelijker vertrouwelijkheden uit te wisselen, hoewel het eigenlijk heel leuk was om naar Kroon te kijken want hij leek een beetje op Ernie (die van Bert), met een rond brilletje op zijn neus en zijn haartjes rechtop.

We spraken over de liefde.

'Ik hou zo van hem!' kreet hij en hij schepte op over zijn Wim. In Kroons kielzog prees ik Wim dan de hemel in, maar een paar maanden later was ontrouwe Wim een 'vlerk' en een 'lummel'. Dan was Kroon *zum Tode betrübt* en ik leefde met hem mee. Wim was een lul. Dat moest ik dan twee weken later natuurlijk voorzichtig terugnemen, als Kroon weer *himmelhoch jauchzend* was en Wim weer gewéldig. Zo ging dat een aantal keren, want de relatie met Wim had nogal wat ups en downs.

We spraken over klanten, collega's, bazen en stagiaires. Analyseerden hun relaties en duidden hun gedrag. Nou ja, we roddelden dus, als twee ouwe tantes.

We spraken over onze ouders.

Kroons vader was dood; die had in de verkeerde trein gezeten toen Kroon nog maar een jaar oud was, de trein die betrokken was bij een rampzalig ongeluk bij Harmelen. Sindsdien was zijn moeder alleen en overbezorgd.

'Ze wilde zelf mijn tanden poetsen toen ik al tien was,' klaagde hij.

'De dag dat ik tien werd, moest ik mijn eigen taartjes in huis halen,' somberde ik. 'Daar hadden mijn ouders geen tijd voor.'

'Ze bracht me nog naar school toen ik op het vwo zat!'

'Ze waren niet eens bij mijn diploma-uitreiking.'

'May, ze wilde mee naar mijn eerste date!'

'Ze wisten het niet eens toen ik mijn eerste vriendjes had.'

Kroon rook vaag naar lavendel, een geur die ik sindsdien associeer met homoseksualiteit – hoewel het waarschijnlijk beter klopt de geur te associëren met overbezorgde moeders. Zijn moeder was tenslotte degene die in zijn appartement liefdevol kleine linnen zakjes lavendel tussen zijn kleren verstopte als hij in de keuken koffie voor haar aan het zetten was.

Hij zei: 'Ik wou dat mijn moeder wat meer was zoals de jouwe. Dat ze was gaan werken, dat ze een eigen leven had gehad en wat zelfstandiger was geworden.'

Dat ik een moeder wilde hebben zoals die van Kroon was te flauw om te zeggen, en bovendien niet helemaal waar. Ergens ben ik best trots op mijn moeder: dat ze zoveel kinderen zo geduldig heeft bijgestaan, dat ze altijd zo hard heeft gewerkt en zo zelfstandig was en zo onafhankelijk was en dat ze geen theemuts was... In haar tijd was dat nog helemaal niet vanzelfsprekend.

De conclusie die we trokken was in elk geval dat ze het eigenlijk nooit goed deden, die ouders. Kroon knipte een tekening van Peter van Straaten uit de krant met twee stokoude besjes erop, op een bankje voor Huize Avondrood (of iets dergelijks). Zegt de een tegen de ander: 'Maar je kunt je ouders toch niet de schuld blíjven geven?' We scanden de tekening en installeerden hem op onze computers als bureaublad.

'Ik heb je gemist, May,' zegt Kroon achter mijn dichte wc-deur.

Het raakt me en ik weet niet wat ik terug moet zeggen. Dat ik iedereen en van alles moet missen voelt inmiddels tamelijk normaal. Dat ik zelf gemist word niet.

'Jij was mijn maatje,' zegt hij. 'Ik heb je nodig.'

Een toverspreuk. Wie heeft mij nou nog nodig tegenwoordig? Ík ben toch degene die nodig heeft? Jolie en Ada en haar van de prikdienst, de neuroloog en de verpleger die maandelijks het infuus prikt... Ik ben zo bezig geweest met nodig hebben dat ik vergeten ben hoe het is om nodig te zijn. Terwijl nodig zijn je leven natuurlijk zin geeft. Mijn ouders hadden dat door; die maakten onmisbaarheid tot hun beroep, en later in Spanje zorgden ze er door hun vrijwilligerswerk voor dat ze nodig bleven. Terwijl ik me erbij neergelegde dat het kennelijk mijn rol was om anderen onmisbaar te laten zijn.

En nu zegt Kroon dit!

Ik doe de wc-deur open.

Kroon staat tegen de wasbakken geleund, armen over elkaar en benen nonchalant gekruist. Zijn haar zit anders, hij heeft een andere bril; hij lijkt nu helemaal niet meer op Ernie. In zijn Italiaanse maatkostuum ziet hij er ook bepaald niet uit als een eenzame ouwe nicht. In feite ziet hij er geweldig uit, en heel charmant.

Hij glimlacht breed als hij me ziet, breed gemeend, en omhelst me. Hij ruikt niet meer naar lavendel.

'Hoe is het met je moeder?' vraag ik.

'Die zit in een verpleeghuis. Ik bezoek haar elke zondag, en elke zondag is ze er zekerder van dat ik mijn vader ben.'

'Ach, Kroon...'

Niemand blijft leed bespaard.

Kroon wacht tot ik mijn handen heb gewassen en duwt me dan in de rolstoel naar buiten. Hij is de enige bij wie het niet vreemd voelt om met mijn rug naar hem toe te zitten.

Als we de wc uit komen, blijkt Victoria inderdaad twee mensen gevonden te hebben die ik van vroeger ken. Ze zeggen: 'In die storm...!', en: 'Zo blij om jou...', en: 'Te lang geleden...' Ze zeggen: 'Je gedichten...', en: 'O, ja, móói...'

Ze zijn niet boos, ze zitten niet vol kritiek.

'We gaan zo.'

Dat is Jolie. Ze kijkt hoe laat het is en voegt toe: 'Anders word je veel te moe.'

Ja, moe, maar dat was ik al. Ik doe of ik haar niet heb gehoord, pak het glas dat me wordt aangereikt en drink. Ik heb zoveel laten gebeuren dat me moe en eenzaam heeft gemaakt, waarom mag ik nu niet even iets laten gebeuren dat me moe maar minder eenzaam maakt? Over de rand van mijn glas zien zelfs mijn slechte ogen dat iedereen tien jaar ouder is geworden. Ik zie rimpels en vlekjes en buiken die over broekbanden bollen. Het heeft iets troostrijks. Ik ben niet de enige die aftakelt, al ben ik dan misschien wat sneller dan de rest.

Boven mijn hoofd hebben Victoria en Kroon het erover dat ik geen computer heb. Belachelijk, vinden ze. Ze weten er nog wel een – oud, maar hij werkt nog prima. Ik denk: dan kan ik weer proberen gedichten te schrijven. Dan heb ik geen schrijfhand nodig: een paar toetsen indrukken moet wel lukken. En voor gedichten heb je niet zoveel toetsen nodig, want zoveel woorden zijn dat niet. Eventueel leg ik me toe op haiku's.

Achter in de zaal is de vrouw van Kolbert cadeaus aan het inpakken, terwijl Kolbert op zijn horloge kijkt en dan naar de liftdeuren. Jolie zegt opnieuw: 'We gaan.'

Ze pakt mijn glas, zet het weg en draait mijn rolstoel om.

'We komen de computer zondag brengen,' zegt Kroon.

Ik denk: en wat als ik daar zondag te moe voor ben? En wat als mijn ogen het binnenkort helemaal laten afweten en mijn handen ook, moet ik hem dan weer wegdoen?

Ik steek mijn hand uit naar Victoria. Ze buigt zich over me heen en kust me. Ik zeg: 'Je bent een kanjer.'

De anderen zeggen 'dag' en 'tot ziens'.

Als Jolie me in de richting van de lift rijdt, roep ik nog over mijn schouder naar mijn vroegere collega's: 'Wie van jullie volgt Kolbert eigenlijk op?'

Ik bedoel het een beetje als een grapje.

De liftdeuren schuiven open en zonder mijn stoel te draaien duwt Jolie me naar binnen.

'Heb je dat nog niet gehoord?' wordt er achter me geroepen. 'F&K blijft F&K! Felix Keeper wordt de nieuwe partner!'

De liftdeuren schuiven dicht.

14

Dalen

Met een schokje zet de lift zich in beweging. Ik draai me om in mijn stoel en probeer Jolie recht aan te kijken. Ik wist het, ik wist het.

Ze kijkt terug, haalt haar schouders op en keert zich van me af om op de knop voor de begane grond te drukken. Ze zegt: 'Jij was degene die zei dat-ie dood was.'

'Jij sprak het niet tegen...'

'Jij wilde het zo.'

Hoe kan ze zo koel klinken? Ze zou anders moeten klinken, op z'n minst ongemakkelijk of in verlegenheid gebracht of nog beter: schuldbewust. En ik, ik zou op zijn minst verontwaardigd moeten zijn of ontzet of ontsteld. Maar ik ben verbaasd, verrast, verrukt. Felix leeft... Ik droomde het niet vannacht! Hij was het echt, hij heeft echt gebeld, hij heeft 'May' gezegd en 'mijn lief' gezegd... Maar waar is hij al die tijd geweest? En waarom belde hij vannacht, na bijna tien jaar? En waar is hij nu?

Ik kijk naar mijn zwijgende zus en in plaats van verontwaardigd, of desnoods blij, word ik bedroefd. Ik heb zin om weer te huilen. De wijn die ik boven heb gedronken, helpt natuurlijk niet.

Jolie staat naar de lampjes te staren die verspringen naast de knoppen van de lift. Zestien... vijftien...

'Waarom deed je het?' vraag ik. 'Waarom liet je me geloven dat Felix dood was? Je wist toch wat hij voor me betekende, je wist toch hoeveel ik van hem hield?'

'Hij maakte je alleen maar ongelukkig. Ongelukkig en... ziek.'

'Dat kun je niet menen,' zeg ik ademloos.

Ik denk aan het jaar dat alles slechter ging. Dat ik minder ging zien en minder ging lopen en minder... Het jaar dat Felix in mijn leven was. Dan denk ik aan de moeite die Jolie heeft moeten doen om me te laten geloven dat Felix dood was... Hoewel, ik heb het haar misschien wel heel gemakkelijk gemaakt. Ik wilde immers niemand meer zien, las geen kranten meer, geen brieven meer? Had Jolie het gewild, dan had ze me van alles kunnen wijsmaken. Dat God bestaat, of voor mijn part Sinterklaas.

'Dat had je niet tegen je zusje mogen zeggen,' zei mijn moeder streng boven de keukentafel. Ik was negen jaar, Jolie nog maar vijf.

Ik haalde mijn schouders op.

'Iemand moet het haar toch een keer vertellen?'

Jolie lag in haar bedje te snikken.

We hadden die avond samen zitten zingen bij twee schoentjes die hoopvol voor de radiator stonden, maar ik had er ineens genoeg van gehad. Gaf het me het jaar daarvoor nog een gevoel van macht dat ik op de hoogte was van een grotemensengeheim dat Jolie niet kende, dit jaar vond ik het een last. Al die geheimzinnigheid en die fabeltjes, al die cadeautjes die buiten het zicht van Jolie moesten worden gekocht, al dat verbergen en verstoppen. Wat een gedoe, en dat allemaal alleen voor mijn kleine zusje.

Dus ik had tegen haar gezegd: 'Stommerd. Sinterklaas bestaat helemaal niet. Die cadeautjes passen toch helemaal niet door onze verwarming?'

Ze had me met grote ogen aangekeken.

Ik denk dat ik er toen voor het eerst achter kwam dat kennis niet alleen macht geeft, maar ook verantwoordelijkheid. Zoals ik er nu achter kom dat ik niet alleen de macht over mijn leven, maar ook de verantwoordelijkheid ervoor heb ingeleverd. Of afgeschoven. 't Is maar net hoe je het bekijkt. Zo staat er ergens buiten een scootmobiel, waarvan Jolie maar moet bedenken hoe die weer bij mij thuis komt. Maar ik denk ook aan de uitgeselecteerde post, aan al die andere keren dat Jolie voor me heeft besloten. Al die fabeltjes, al dat gedoe...

'Je moet niet denken dat jij alles voor me kunt bepalen, Jolie!' zeg ik. 'Dat je alles voor me moet regelen. Alsof ik niet goed bij mijn hoofd ben, alleen maar omdat ik fysiek misschien niet zoveel meer kan!'

Ik sta uit de rolstoel op, strek mijn arm over de rugleuning en druk op een knop. De rode knop. Met een kreun komt de lift tot stilstand, precies tussen twee verdiepingen in. Ik hoor Jolie verschrikt inademen.

'Wie denk je wel niet dat je bent!' vervolg ik, want ik ben juist lekker op gang. 'Felix was alles wat ik nog had, de enige die me nog blij maakte. Weet je wel hoeveel verdriet ik had omdat hij dood was!'

Maar het klopt dat ikzelf degene was die Felix doodverklaarde, daarvoor had ik Jolie helemaal niet nodig. Ik deed Felix weg, zoals ik mijn boeken wegdeed en mijn dichterschap, onder het motto dat je dat wat je gelukkig maakt maar beter kunt wegdoen voordat het je wordt afgepakt. Alsof ik regie wilde houden over het beetje waarover ik nog regie dacht te hebben.

Jolie drukt weer op de knop voor de begane grond, maar dat helpt niet. De lift geeft geen sjoege. Omdat ik sta te trillen en omdat mijn knieën knikken, ga ik maar weer zitten.

'Heb jij hem nog gezien? Heb jij hem nog gesproken sinds die tijd? Weet jij waar hij is? Waar hij nu is?'

Jolie blijft op knoppen drukken, nu met boze, onbeheerste bewegingen. Dat is niets voor haar.

Ze moet hem hebben gevraagd geen contact meer met me op te nemen. Niet te komen, niet te bellen, niet te schrijven. Misschien heeft ze tegen hem gezegd: 'Laat mijn zus met rust, ik wil niet dat je haar nog ziet.' Omdat ik daar zogenaamd ongelukkig van werd. Zogenaamd ziek! Ik ben ziek door die kut-MS, niet door Felix!

Het was natuurlijk alleen maar omdat zíj er genoeg van had, omdat zíj last had van een zielige zus die naast de telefoon op de bank lag te wachten.

Hoe zou ze hem hebben overgehaald? Waarmee heeft ze gedreigd? Of was hij heel makkelijk over te halen, dacht hij misschien: van die ellende ben ik mooi af? De lul! En waarom was Felix vanavond eigenlijk niet hier? Als hij Kolbert gaat opvolgen, dan is het toch niet meer dan logisch dat hij hier zou zijn? Complottheorieën weven in een oogwenk dikke webben van argwaan in mijn hoofd. Ze zijn op een MRI-scan vast te zien, tussen de schimmelvlekken die MS in mijn centrale zenuwstelsel heeft achtergelaten.

'Heb jij tegen hem gezegd dat hij niet mocht komen vanavond, toen ik tegen jou zei dat ik wilde gaan? Was hij daarom niet op de receptie? Was je daarmee bezig en kon je daarom vanmiddag niet komen?'

Jolie heeft het warm, op haar bovenlip staan zweetdruppeltjes. Ze zegt: 'Was Felix er ooit wél wanneer hij werd verwacht? Hield hij zich ooit aan een afspraak? Hij zal wel weer met een of andere belachelijke tocht bezig zijn, denk je niet?'

Zijn vingers klauwend in heet woestijnzand...

Ik zwijg. Jolie zwijgt ook en drukt een paar keer op een groene knop waarop een telefoontje staat. Met haar mond tegen een rondje van kleine gaatjes begint ze te roepen: 'Hallo! Hallo daar! Kunt u ons horen? Wij zitten vast!'

Daarna houdt ze haar oor tegen het speakertje, maar dat zwijgt in alle talen.

Ze draait zich om en zegt: 'Godverdomme!'

Vloeken is ook niets voor Jolie. Het past helemaal niet bij haar, net zomin als de besluiteloosheid waarvan ze nu last lijkt te hebben. Ze veegt het zweet van haar bovenlip en trekt haar colbertje uit. Even staat ze ermee in haar handen en kijkt om zich heen. Ze ziet eruit of ze zou willen ijsberen, maar daarvoor is de lift veel te klein. Ze trekt het colbertje weer aan, trekt het dan weer uit en vouwt het keurig op. Dat hoort wel weer bij Jolie. Netjes stopt ze het in het netje achter de rugleuning van mijn rolstoel. Het is een rekbaar netje, bedoeld om aan kinderwagens te hangen. Handig voor de luiers en de boodschappen. Te koop bij Prenatal.

Opnieuw drukt Jolie op de knop met het telefoontje. Niets.

'Weet je dan niet meer,' zegt ze tegen mij zonder me aan te kijken, 'hoe teleurgesteld je iedere keer was als hij niet kwam opdagen? Niets van zich liet horen? Weet je niet meer hoe je ongeveer aan de telefoon zat vastgeplakt omdat je hoopte dat hij zou bellen? Dat je helemaal nergens meer toe kwam? En hoeveel stress je daarvan had?'

Jawel, dat weet ik nog wel. Heus wel. Het was in het jaar dat alles slechter ging. Maar ik weet ook nog hoe ik was als hij wel was geweest. Blij. Blakend. Blozend. Bloeiend.

Jolie maakt me aan het schrikken door ineens door haar knieën te zakken. Ik hoor een naadje scheuren.

'Pas op,' zeg ik, 'je scheurt uit je rokje.'

Ze gaat op de grond zitten met haar rug tegen de wand van de lift, sluit haar ogen en strijkt een trillende hand door haar haar.

'Nu weet ik het niet meer,' zegt ze zuchtend. 'Nu weet ik echt niet wat ik moet doen. Ik weet niet hoe de lift weer aan moet.'

Om de lift kan ik me nou helemaal niet druk maken. Dat is gewoon een kwestie van geduld. Van *patience*. Natuurlijk had ook ik ooit de dingen net zo graag onder controle als Jolie, wist ook ik graag van tevoren wat er kwam en hoe precies en wanneer. Er is tegenwoordig echter zoveel dat ik overlaat aan anderen, zoveel dat ik noodgedwongen uit handen geef, dat ik ook nu wel aanneem dat er een of andere oplossing komt. In afwachten ben ik best goed geworden. Wie weet komt er zo een grote, stoere brandweerman (met een snor) die de liftdeuren met een koevoet openwrikt en mij over zijn schouder werpt om me de trappen af te sjouwen. Op welke verdieping zitten we? Er branden flauw twee lampjes bij de tien en de negen. Dat zijn minstens twintig trappen. Stuiterend op de epauletten van mijn brandweerman. En zo niet, wat dan nog? Stel dat er niemand oplet van de mensen die nu nog boven zijn, stel dat er niemand vragen stelt over de linkerlift die niet schijnt te komen, stel dat iedereen gewoon met de rechterlift naar beneden gaat en dan naar huis, ook de bezorgd kijkende mevrouw Kolbert met haar armen vol cadeautjes? Dan zitten we tot morgenochtend vast, totdat er een nieuwe werkdag begint bij F&K en de andere bedrijven in het gebouw. Totdat eindelijk iemand de linkerlift gaat missen.

Jolie ziet witjes. Ik hoop niet dat ze gaat overgeven; dat deed ze vroeger ook altijd als de spanning haar te machtig werd. Groen en geel van narigheid op de avond voor haar eindexamen, kotsend boven de pleepot op de dag voor ze jarig werd. Jolie hield niet van verrassingen.

Alleen is hier geen pleepot. Dat wordt sowieso een probleem als we hier de nacht moeten doorbrengen. Ik kijk om me heen en zie alleen het purwezentje in de hoek. Als we het slopen, ontdekken we misschien dat er iets handigs in zit, een bakje of zoiets. *Mind your step* wordt in elk geval het eerste slachtoffer. Jammer dat het ding van purschuim is en dus oneetbaar, want we zullen wel honger krijgen. En dorst natuurlijk. Wat dat betreft hadden we mevrouw Kolbert aan boord moeten hebben, met al die flessen drank die haar man heeft gekregen.

Beter niet aan denken.

'Ik heb een droge mond,' zegt Jolie. Ze wrijft over haar knieën en zucht weer. 'Ik weet het allemaal ook niet meer, hoor. Ik zag alleen maar dat het steeds slechter met je ging... Hoeveel moeite je met alles kreeg, hoeveel energie de dingen je gingen kosten.' Opnieuw een diepe zucht. 'Het deed me pijn. Het dóét me pijn. Hoe kon ik het nou laten gebeuren dat je het beetje energie dat je nog had kwijtraakte aan zo'n... zo'n klootzak? Hoe kon ik daar nou als jouw zus naar blijven kijken? Hij was helemaal niet goed voor je, hij...'

Opnieuw veegt ze het zweet van haar bovenlip. 'Maar misschien ben ik te ver gegaan...' zegt ze dan.

'Ja!' zeg ik.

'Misschien had ik niet...'

'Wat? Hem niet moeten zeggen dat hij me niet meer mocht bellen?'

Zijn kleren gerafeld...

Ze zegt: 'Hij begreep het eerst niet, maar ik heb het hem aan zijn verstand gebracht. Hoe jouw ziekte werkt, hoe zuinig je moet zijn met je energie en hoe voorzichtig met stress. Hoe kwetsbaar je bent. Toen begreep hij het.'

Zijn vingers klauwend in heet woestijnzand...

Ik heb het koud, trek mijn benen op de stoel, sla mijn armen om mijn knieën en zwijg. Ze heeft het dus inderdaad in haar hoofd gehaald om tegen Felix te zeggen dat hij geen contact meer met me mocht opnemen, dat het zo slecht met me ging door hem. Dat heeft ze tegen Felix gezegd. Tegen mijn Felix. En hij heeft het geloofd. Of willen geloven.

Huid na maanden door de woestijnwind weggeblazen...

Ik hoor Jolies snelle ademhaling. Moeizaam staat ze op van de grond, wankelt (ze lijkt even op mij) en drukt nog paar keer op de knop met de telefoon.

'Godverdomme,' roept ze weer. 'Kutding!'

Ik leg mijn hoofd op mijn knieën en mompel: 'Er gebeurt zo wel wat.' Vanuit mijn ooghoeken houd ik haar in de gaten. Als ze zo echt gaat overgeven, dan mag ze in haar eigen colbertje kotsen en haar mond afvegen met de mouw van haar eigen blouse.

Ze gaat weer zitten. Zegt: 'Hij bezorgde iedereen alleen maar een hoop werk. Toen hij die keer voor je had gekookt, weet je dat nog? Dat je hele keuken een puinhoop was?'

Jezus, als dát haar probleem is! Alsof rotzooi in de keuken een reden is om iemand dood te verklaren!

'En wie kon het opruimen?' zegt ze.

Mijn herinneringen aan die keer dat hij voor me kookte zijn heel anders.

'Ik heb het benauwd.' Ze trekt haar blouse uit haar rokje. 'Jij niet? Misschien is er niet genoeg zuurstof.'

Eten, drinken, pissen… aan zuurstof had ik nog niet gedacht. Ik kijk omhoog en zie in het liftplafond maar liefst twee ventilatieroosters. Dan kijk ik weer naar mijn zus en begrijp wat er aan de hand is: Jolie hyperventileert. Ze zou een plastic zakje moeten hebben om in te ademen, alleen heb ik geen plastic zakje en als ik er een had zou ik het haar niet geven. Trut. Bemoeial. Mijn Felix.

Met haar rechterhand wrijft ze over haar borst. Het ergert me. Aanstelster.

'Probeer eens gewoon te ademen.'

'Dat gaat niet.'

Ze zet grote angstogen op terwijl ze het zegt.

Wat het probleem is, weet ik best: het probleem is dat Jolie claustrofobie heeft. Dat het dus nogal gemeen van me was om op die rode knop te drukken, waarvan ik op z'n minst had kunnen vermoeden dat het een noodrem was.

Ik was het een beetje vergeten.

We speelden verstoppertje. In de winter, dus binnen.

In de huiskamer van mijn ouders stond een houten kist, waarin Jolie en ik geacht werden ons speelgoed op te bergen voor we gingen slapen. Het was een grote kist met een deksel, groot genoeg voor een klein meisje om in weg te kruipen en het deksel boven zich te sluiten. *Wie niet weg is, is gezien.*

Ze had echter buiten de trouwe labrador Fidel gerekend. Hij sprong boven op de kist, en hoe harder Jolie daarbinnenin duwde en schreeuwde, hoe zekerder Fidel wist dat dit baasje zijn bescherming nodig had, al was het hem niet helemaal duidelijk tegen welk onheil.

Het duurde misschien maar vijf minuten; toen hoorde ik het gesmoorde gegil. Daarna duurde het nog wel even voor ik vijfendertig kilo vastberaden hond van het kistdeksel afkreeg. Het was in elk geval lang genoeg voor Jolie om er een blijvende angst voor kleine ruimtes aan over te houden.

Ik laat me uit mijn stoel glijden en ga naast haar op de vloer zitten. Heb bedacht dat ik er natuurlijk niets mee opschiet als mijn zus hier in de lift flauwvalt. Of nog erger: in paniek raakt.

'Kom op,' zeg ik. 'Tellen. Inademen, langzaam uitademen.'

'Het gaat niet,' zegt ze hijgend.

'Je probeert het niet eens.'

Het voelt niet nieuw: boos zijn op Jolie. Eigenlijk was ik al boos op haar toen ze uit de poppenkleertjes was gegroeid, omdat ze afhankelijk was van mijn zorg. En later was ik boos op haar omdat ik afhankelijk werd van haar zorg. Het kan me dus niks schelen dat ze nu huilt. Stomme trut.

Zuchtend trek ik haar tegen me aan en verval in mijn oude rol, die van toen ik degene was die de weg wist van school naar huis, die huiswerk overhoorde, bekers melk inschonk en de boterhammen smeerde. En Jolie vervalt naadloos foutloos vlekkeloos in háár oude rol, kruipt tegen me aan en zegt met een kinderstemmetje dat me irriteert: 'Papa zei altijd hoe moedig jij was en hoe flink.'

Niet tegen mij. Was dat wat ik had willen horen in dat laatste gesprek met mijn vader, dat gesprek dat ik niet heb kunnen voeren? Dat ik het goed doe? Tegen mij zei hij alleen maar dat ik moest doorzetten en doorbijten en volhouden, nooit dat ik flink was. Alsof zeggen dat ik flink was me toestemming zou geven om mezelf zielig te vinden: immers als je niet zielig bent, dan kun je ook niet flink zijn.

Zonder angst geen moed.

'Sinds je ziek werd,' zegt Jolie. 'Ik was er jaloers op.'

Jaloers?! Zij op mij?! Het moet niet gekker worden! Zij die alles heeft wat ik niet heb: gezondheid en kinderen en een man en een baan bij F&K... Jaloers?

'Ik werk me drie slagen in de rondte om alles te regelen en om alles goed te doen.' Haar stem is die van een klagend klein meisje. 'En dan zie ik hoe jij zoals vanavond op zo'n receptie binnenkomt en dat jij bij voorbaat al krediet hebt, want alles wat jij doet is dapper en knapper...'

Mijn perceptie van mijn binnenkomst op de receptie daarnet was toch echt heel anders.

Jaloers!

'Alle aandacht ging naar jou toen je ziek werd... Als ik weleens wat had, dan zei iedereen, dan zeiden alle mensen, dan zeiden papa en mama: nee, jouw zus, da's pas erg. Neem een voorbeeld aan May, die is zo flink!'

Zo had ik het nog niet bekeken. Ikzelf als een van de verwarde verstarde verzwakte verpieterde kinderen... Jolie was natuurlijk nog maar twintig toen bij mij MS werd vastgesteld.

'En ik heb papa beloofd...' zegt ze.

'Wat?'

'Dat ik er voor je zou zijn. Dat ik voor je zou zorgen.'

Dus daarom komt ze elke dag sinds papa is gestorven. Was het zo'n sterfbedscène zoals je die in films ziet: een oude, bezorgde vader die zijn laatste wens uitspreekt? Daar moeten oude, bezorgde vaders mee oppassen.

Als er een schok door de lift gaat, grijpen we elkaar stevig vast. Jolie begint zachtjes te jammeren. Als een puppy.

Vroeger als ze bang was, zong ik voor haar. Over een eiland *way out in the seas...* Ik moet het liedje ooit fonetisch hebben geleerd, want ik kende het al voor ik Engels sprak. Een eiland waar baby's aan bomen groeien.

Met een arm om mijn zusje, stom aangestaard door het purwezentje in de hoek en bungelend tussen de negende en de tiende verdieping van het kantoor van F&K, zing ik dat het *jolly good fun is, to swing in the sun is...* Ik zing vals, maar dat geeft nu niet. De boodschap is: rustig maar, maak je geen zorgen, het komt wel goed. Er is niets om je druk over te maken, het is gewoon een kwestie van tijd.

... and when the stormy winds... Storm, dacht ik vanmorgen nog. Toen had ik nog de hoop dat er vandaag een gedicht zou komen. Er kwamen heel andere dingen, alles ging anders dan ik toen kon voorzien. En nu probeer ik voor mijn zusje te doen alsof er niets aan de hand is, maar weet ik veel! Weet ik veel... Misschien gaan we zo sneller naar beneden dan ons lief is, storten we neer, maar wat doen we eraan? We moeten het maar nemen zoals het komt, nietwaar, en er het beste van maken. En als er niets meer te maken valt, als we vallen, dan is dat zoals het gaat. Dan is het afgelopen en uit, dan is er donkere, vredige rust... Je zou er bijna naar verlangen.

Jolies gezicht kan ik niet zien, want dat houdt ze tegen mijn borst gedrukt, dus ik weet niet of ze luistert. Dan hoor ik haar echter met dat ergerlijke kleine stemmetje zingen: 'There's a curious dropping and flopping and plopping... Dat vond ik vroeger altijd het leukste stukje.'

Ik zucht mijn irritatie weg.

Intussen moet er een juiste hoeveelheid tijd zijn verstreken, precies genoeg om ergens op aanwijzing van een tijdmechanisme een palletje op zijn plek te laten schieten en de rem te deblokkeren. Of misschien heeft er iemand een signaal gegeven, de goede hendel overgehaald, op de juiste knop gedrukt. In elk geval zet de lift zich in beweging.

' ... and the grown-ups come...' We kijken naar de lampjes bij de knoppen. Acht gaat aan, dan zeven, dan zes...

'... they always pass by all the babies that cry,' zingen we samen, 'and take only babies that smile.' Huilende baby's die blijven liggen, alleen lachende baby's die mee mogen. Ongetwijfeld heb ik het lied van mijn ouders geleerd.

De liftdeuren schuiven open. We zijn weer in de hal.

Als Jolie me de lift uit rijdt en mijn stoel omdraait zie ik hem. Hij staat bij het nest dat op de balie ligt, heeft de sjaal opgetild en kijkt verbaasd naar het ei.

Ik kijk naar hem. Wat ik misschien had bedacht is dat mijn geluk grijs geworden zou zijn, maar niet: ook nog kaal.

15
Ei

Mijn hart springt op en breekt.

Ik ben zo blij hem te zien.

Ik voel me zo verraden.

Ik weet zo zeker dat het niets verandert... Wat heb ik in al die jaren stiekem gedroomd, behalve dat hij dood was? Dat als hij zou terugkeren alles goed zou komen? Dat hij me wakker zou kussen als een Sneeuwwitje in haar glazen kist of dat hij me zou bevrijden van de vloek die maakt dat ik erbij lig als een overwoekerd Doornroosje – al is het een wat rimpelig Doornroosje? Dat we dan nog lang en gelukkig leefden? Nee. Alleen maar... dat ik af en toe niet zo verdrietig ben. Ik weet heus wel dat mijn benen het vanaf nu nog steeds niet zullen doen en mijn handen nog steeds onhandig zijn en mijn ogen slecht. Dat ik nog steeds MS heb en dat mijn benen dus nog slechter zullen worden, mijn handen nog onhandiger en mijn zicht nog minder. Maar met Felix in de buurt heb ik tenminste af en toe reden om te lachen...

Als hij naar ons omkijkt zie ik echter geen lach in zijn ogen, maar schrik. Dat is vanwege mij, natuurlijk. Dat ik er ben. Dat ik oud geworden ben misschien, of dat ik in een rolstoel zit. Of misschien komt het door Jolie en is hij bang dat ik door zijn blik dood uit mijn stoel zal vallen. Is dat wat je wilde, Jolie? Heb je nou je zin?

Ik hoor dat mijn zus achter me haar keel schraapt. In de hal stinkt het naar verschroeid papier en verbrand plastic. Opzettelijk kijk ik niet onder de balie, waar waarschijnlijk de geblakerde resten van een prullenbak staan. Ik hoor Jolie mompelen: 'Ja, dit probeerde ik dus te voorkomen... Hang je daarvoor de halve dag aan de telefoon.'

Ze moet hem hebben gevraagd om niet te komen of om een beetje later te komen, toen ze wist dat ik naar de receptie zou gaan...

Jolie vist haar colbertje uit het netje van de rolstoel en loopt langs me heen naar de grote spiegel bij de garderobe.

Tja zusje, denk ik, jij gaat niet over leven en dood.

Weet Felix eigenlijk wel dat hij dood was? Ik denk het niet, ik denk dat Jolie tegen hem alleen heeft gezegd dat hij me niet meer mocht bellen en niet meer mocht zien, omdat het dan slechter met me ging... Hij moet daarvan geschrokken zijn. Hij zag natuurlijk ook hoe ik achteruit kachelde, dat jaar dat hij in mijn leven was.

'May?' zegt Felix aarzelend.

Ik knik naar hem, maar omdat ik voel dat mijn stem gaat breken zeg ik niet 'Felix' en vraag ik hem ook niet waarom hij nooit meer heeft gebeld, nooit meer van zich liet horen, zomaar Jolie heeft geloofd dat het zogenaamd beter voor me was als hij uit mijn leven verdween, en waarom hij niets aan mij heeft gevraagd en waarom hij vannacht belde...

Hij draait zich weer naar het nest toe en legt voorzichtig de sjaal terug op het ei.

'Een merelnest,' zegt hij, 'en een merelei.'

Dat soort dingen weet hij. Er schiet me een verhaal te binnen over een merel, dat heb ik een keer op tv gezien. Een merel die telkens weer tegen steeds hetzelfde raam vloog, maar ik ben vergeten waarom die merel dat deed en hoe het afliep.

Voor de spiegel stopt Jolie haar blouse terug in haar rok, trekt het colbertje weer aan en is even bezig haar knotje te fatsoeneren. Bij een kat zou ik het overspronggedrag noemen: als je het even niet meer weet, dan ga je je staart maar likken of een pootje wassen. Dit moet voor Jolie wel een heel ongemakkelijke situatie zijn: in de hal van F&K, met iemand die ze heeft bedrogen en iemand die ze heeft voorgelogen.

Ik leg mijn handen op de hoepels van mijn rolstoel en rijd mezelf een stukje weg, weg van Felix en mijn zus. Zo neem ik het heft in eigen hand: ik hoef niet te worden gered, nee dank u, ik red mezelf.

Felix kijkt naar Jolie als ze met mijn jas komt aanlopen. Dan kijkt hij weer naar mij en zegt opnieuw: 'May?'

Maar ik weet niet wat ik moet zeggen. Mijn zus helpt me in de jas, knoopt hem dicht en draait mijn stoel in de richting van de uitgang.

'May, ik zal je bellen!' zegt Felix achter me.

Misschien doet hij dat.

Maar ik ga er niet op wachten, want daarin heeft Jolie wel gelijk. Dat is in elk geval niet goed voor me.

In Jolies auto rijden we naar mijn huis. De storm is afgenomen tot een stevige bries, de depressie is voorbij, maar de zee zal nog boos zijn en de golven nog woest. Zwijgend staar ik uit het autoraam en ik stel me voor dat ik niet bij Jolie maar bij Felix in de auto zit, dat hij me weer naar het strand brengt en dat we de zee zien – natuurlijk zonder noctiluca, want daarvoor is het vandaag veel te koud geweest, en zonder sterren, want het is bewolkt. Zonder gebakken vis ook, want de vistent op de boulevard is gesloten, maar wel met wijn omdat hij die van Kolbert heeft meegejat. In gedachten zie ik op het strand hele bergen vieswitte vlokken voorbijschuiven, lillend schuim na de storm. We zeggen tegen elkaar: we hadden *Mind your step* moeten meenemen, die had het vast leuk gevonden, schuim tussen schuim. We lachen.

Jolie tuurt door de voorruit naar flakkerende lichten voor ons.

'We kunnen er niet door,' zegt ze. 'We moeten een stukje omrijden.' De brandweer is nog bezig een grote kastanjeboom van de weg te halen. Ik zie zijn wortels ontworteld en ik zie hoe de gevelde boom siddert als er motorzagen in zijn dikke takken worden gezet.

Ik ben zo moe dat ik tegen de tijd dat we bij mijn huis komen in slaap gevallen ben. Veilig onder de vleugels van mijn zusje.

Op de achterbank van Jolies auto ligt het nest.

Malgré zit op mijn bed en neemt niet de moeite ons te begroeten. Ze kijkt alleen, knippert met haar ogen en gaapt uitgebreid. Jolie ruimt net de post op die op de keukenvloer is blijven liggen als de telefoon gaat. Ik ben bezig een stoel onder de lamp met het gat in de kap te schuiven, dus Jolie neemt op.

'Ja,' zegt ze en dan: 'Nee.' Ze houdt de telefoon omhoog, haar hand erover. 'Het is Felix,' zegt ze tegen mij. We kijken naar elkaar en ze zegt: 'Ik dacht echt dat het het beste voor je was. Echt. Het was om jou.' Haar blik schuldbewust en smekend tegelijk. Mijn zusje. Helper, hoedster, redster.

Ik glimlach naar haar en zeg: 'Vraag hem maar om terug te bellen. Ik heb het druk.'

Het leven in eigen hand.

Jolie kijkt opgelucht.

Ik installeer het nest op de stoel, doe de lamp aan en schuif de standaard ineen tot ik vind dat hij op de juiste hoogte hangt. Het is geen spaarlamp, dus hij geeft warmte genoeg. Jolie ziet het hoofdschuddend aan: zij denkt niet dat het nog wat wordt met dat ei. Waarschijnlijk is het kuiken binnenin al dood door de val van het billboard of anders heeft het vast te lang in de kou gelegen... Maar zo lang is het ei niet in de kou geweest, ik heb er goed voor gezorgd!

Nu belt Jolie iemand die over scootmobielen gaat; ze heeft

kennelijk een nummer dat dag en nacht bereikbaar is. Dat nummer moet ik ook ergens hebben. Ik begrijp dat de scootmobiel morgen wordt opgehaald bij F&K, door het uitgiftepunt voor douchekrukken en bedliften. Kijken ze hem meteen helemaal na.

Daarna maakt mijn zus een boterham voor me en helpt ze me naar bed, hoewel het pas halfnegen is.

Dag, zusje. Dag en dankjewel. Behalve voor dat ene. Want je zult me mijn eigen fouten moeten laten maken – zoals wachten op een beetje een foute man. Dat hoort bij het leven. Als ik geen domme dingen meer mag doen, dan kan ik net zo goed dood zijn.

Malgré gaat in het donker op mijn buik liggen en ik trek het dekbed moeizaam met kat en al op tot mijn kin. Zoveel om over na te denken, dat ik in eerste instantie vecht tegen de slaap.

En alweer gaat de telefoon.

Eerste tingel.

Hij was natuurlijk geen jaren zoek, zelfs geen weken. Dagen misschien? De tocht in de Sierra Nevada was vast moeilijk, op moeilijk begaanbaar terrein, al beweert Jolie dat de Sierra Nevada geen woestijn is. In elk geval niet de hele Sierra Nevada. Maar die miljonair was toch ook tijden zoek?

Tweede tingel.

In elk geval zal Felix' mobiel (met gps) halverwege de tocht alle bereik verloren hebben en daarmee alle nut. Zodat hij er alleen nog maar een spelletje op kon doen. Patience. Of misschien is hij de hele mobiel verloren.

Hij is dus verdwaald, hoewel hij het soort man is dat altijd weet waar het noorden is, en dus ook het zuiden, westen en oosten. Hij hoefde alleen maar door te lopen tot hij hulp kon inroepen. En zijn paard...

Derde tingel.

Dat paard was een merrie en heette NoName. Laat een beetje cowboyromantiek maar aan Keeper over. *I've been through the desert on a horse with no name...* O nee, geen *desert*. Geen woestijn.

NoName is gestruikeld en zeker tien meter van een rotshelling naar beneden gegleden. Brak haar benen.

Vierde tingel.

Als een paard op zijn rug ligt, dan stikt het. Dat is erg, maar misschien beter dan telkens maar weer proberen op de been te komen, telkens maar weer verbaasd omkijken naar benen die het niet meer doen, telkens maar weer schrikken van de onmacht en de pijn... Maar NoName heeft zich moeizaam op haar zij gedraaid, die wilde natuurlijk opstaan want dat doe je als je bent gevallen: opstaan. Zeker als je een vluchtdier bent, een paard, geschapen om te lopen en te draven, om weg te galopperen van de angst en de paniek.

Door zich om te draaien, koos NoName voor de lange strijd. Geen genadig stikken voor NoName.

Buiten het tentje van het warme dekbed hoor ik mezelf intussen zeggen: *Dit is een antwoordapparaat. Ik kan nu even niet...*

Wat voor wilde beesten wonen er in de Sierra Nevada? Weet ik veel. Poema's misschien, en lynxen. Roofdieren, die met de meest kwetsbare delen beginnen. Aan de achterkant. Of bij de ogen.

Een geweer had hij niet bij zich, dat is niks voor Felix. Daarom sleep hij zijn mes scherp en zocht met zijn vingers naar de plek bij het kaakbeen, waar de halsslagader vlak onder de zweterige paardenhuid klopte. Nat paardenhaar kleefde aan zijn vingertoppen, alsof de vacht al losliet voordat de dood zijn intrede deed. NoName keek naar hem op zoals een stervend paard dat doet. *They shoot horses, don't they.*

Een klik en dan zijn stem. Hij zegt: 'Ik heb je zoveel te vertellen...'

Ik weet dat hij daar drie minuten de tijd voor heeft, want zoveel ruimte is er voor een boodschap. Maar ik denk aan donkerrood paardenbloed dat over mes vacht vingers vloeit en val na de eerste zin in slaap.

Net als toen hij mijn boeken voorlas.

Boeken voor me las.

Nog voor de zon op is, word ik wakker omdat ik moet plassen, en nadat ik heb geplast, kan ik niet meer slapen. Gisteren was natuurlijk veel te vermoeiend en oververmoeid maakt slapeloos, hoe oneerlijk ook. Mijn escapade zal ik nog dagen moeten bezuren, maar ik denk aan Victoria en ik denk aan Kroon, en ik besluit dat het het waard was.

Aan Felix denk ik niet. Op het antwoordapparaat flikkert een lampje, maar ik luister het bericht dat erop staat niet af. Liever leef ik nog even in mijn eigen fantasieën. Daar ben ik immers de baas over? Daarover heb ik het immers voor het zeggen? Ik denk met gemak een trilogie in elkaar! Misschien kan ik voor de verandering, als de nieuwe computer er is, een heldendicht maken: iets langs en episch, in plaats van korte sonnetten over MS en afscheid en de dood. Ik wil me niet nog langer ook in mijn fantasie laten beperken door mijn ziekte, ik wil graag lange wegen en steile trappen, helden die hard kunnen rennen en heldinnen die nooit bang zijn. En ze hoeven nooit naar de wc. In hoeveel boeken haakt de held af omdat hij moet pissen?

Tien woorden per dag moeten mijn handen kunnen halen. Dat zijn 3650 woorden per jaar (maar de dagen dat ik in het ziekenhuis aan het infuus lig, moet ik daar natuurlijk aftrekken).

Ach, als ik het niet afkrijg, dan kan het de wereld in als *Mays onvoltooide. Unvollendete.*

In de tuin begint een merel te zingen. Die heeft in elk geval de storm overleefd. Hoe doen vogels dat? Kruipen ze dicht tegen de stam van een boom, kruipen ze in een holletje van takken, in hun nest, tegen elkaar?

Ik kruip uit bed. Malgré rolt van mijn buik. Het duurt even voor ik mijn spieren los genoeg kan maken om de eerste stap te doen, dan ga ik naar de huiskamer om naar het ei te kijken. De lamp is nog aan en als ik vlakbij ben, zie ik het: er zit een gaatje in het ei. Er wordt gehakt, van binnenuit. Het leeft. Heeft het kuiken daarbinnen door de warmte van de lamp besloten dat het nu tijd is? Misschien is het gewoon te groot geworden en het ei te klein... Of roept de zingende merel in de tuin? Is er misschien een ingebouwd tijdmechanisme? Of is het misschien gewoon... tijd? Het is vijf uur.

Er komen meer gaatjes, min of meer op een rij. Af en toe zie ik een glimp van het hakkende snaveltje. Ik blijf er minutenlang naar kijken. Wat duurt het nog lang voor zo'n vogeltje zich heeft bevrijd! Ik krijg het er een beetje benauwd van en moet aan een van mijn verdwenen boeken denken, en ook aan een houten kist met een hond op het deksel.

Nu en dan schommelt het ei.

Omdat mijn benen moe worden, schuif ik een tweede stoel aan, zodat ik erbij kan gaan zitten.

En dan is het wachten.

Wachten op de geboorte van een merel.

Om tien over vijf breekt de schaal in tweeën en zie ik nat pluis en roze huid, maar beslist ook iets blauwigs. *l'Oiseau bleu.* Om kwart over vijf heeft het kuiken zich eindelijk helemaal bevrijd en ligt het na te hijgen. Voorzichtig haal ik de brokstukken van de eierschaal weg. Het vogeljong heft zich naar me op, de bolle blauwe ogen gesloten. Even zwaait het kopje stuurloos heen en weer op een veel te dun nekje, dan valt het hele vogeltje opzij en rolt om. Ik schiet in de lach. Mijn dappere merel. Straks, als het acht uur is, als Ada komt, dan zal ik haar vragen naar wormen te gaan zoeken.

'Wurmen?!' zal ze zeggen, en eindelijk zal ik haar betrappen op een vies gezicht. 'Je wilt dat ik wúrmen ga zoeken?'

Nou, dan doe ik het zelf wel. Wormen zoeken is bij uitstek een werkje dat je kruipend kunt doen, op handen en voeten. Misschien moet ik niet eens wachten tot Ada er is, misschien moet mijn kind al veel eerder zijn eerste wormenhapje hebben. Ik kijk naar buiten om te zien of het al licht genoeg is voor een wormenzoektocht.

En dan slaat het noodlot toe.

O, wat heb ik om haar gelachen toen ze als klein poesje over haar eigen poten struikelde, een bolletje wol achterna! O, wat vond ik het leuk als ze wiebelde met haar kontje als een echte grote poes om zich klaar te maken voor een reuzensprong. En wat prees ik haar de hemel in als ze de met kattenkruid gevulde speelgoedmuizen hoog uit de lucht plukte...

De zwart-witte schim die nu langs me flitst, landt op het nest en verlaat het in dezelfde beweging. Het nest blijft leeg achter en van ontsteltenis en schrik en verontwaardiging en woede en verwarring stoot ik een kreet uit, die ongeveer klinkt als OOGGOE-HOEWAO, en ik zie Malgré onder de bank schieten, prooi in de bek.

Ik val op de grond (daar ben ik heel goed in) en reik met een arm zo ver mogelijk onder de bank om mijn bloeddorstige lieveling bij haar nekvel te grijpen. Ik krijg haar staart te pakken. Ondanks vier tegenspartelende poten, die met scherpe klauwen houvast proberen te vinden aan de vloerbedekking, bank en mij, ondanks het lage, boze gegrom van mijn moorddadige schat, sleur ik haar aan haar staart onder de bank vandaan. Mijn poezenkind, mijn merelkind in een dodelijke omklemming tussen de kaken. Met één arm neem ik Malgré in een houdgreep, zodat ik een hand vrij heb om met duim en wijsvinger de kattenkaken open te wringen: het is opmerkelijk wat ik in noodgevallen nog allemaal presteer. Maar natuurlijk is het te laat. Natuurlijk is het vogeltje dood. Het is een dood vogeltje. Het ligt met een gebroken nekje voor ons op de grond.

Malgré maakt het niets uit, die is niet te houden en wringt zich in allerlei bochten om zich opnieuw op haar buit te kunnen storten. Snel vouw ik mijn handen beschermend om het dode wezentje, til het op, buiten bereik van mijn kat. Het wezentje dat was. Het is niet zwaarder dan een paar suikerklontjes. Mijn vogelijn. Mijn vogellijk. Malgré kijkt bevreemd naar me, want zo was ik vroeger nooit, toen ik met haar in de weer was met kurken en flessendoppen en nepmuizen en walnoten. Ze begrijpt niet waarom ik nu niet verder wil spelen. Ze begrijpt niet waarom ik nu ineens lek.

Het ene kind gedood door het andere kind. Het is een Griekse tragedie, het is de Bijbel, het is een gruwelijk verhaal. Geluk door geluk verzwolgen.

Ik bel Kroon. Natuurlijk ligt hij nog in bed – het is kwart voor zes in de ochtend – maar hij is meteen een en al luisterend oor en vol medeleven.

'We gaan het begraven,' zegt hij, 'want het is belangrijk om afscheid te nemen. We doen het zondag, als we je computer komen brengen.'

Zondag? Ik weet eigenlijk niet of…

'Leg het in het vriesvak,' zegt Kroon praktisch.

Dat doe ik dan maar, als ik Kroon heb opgehangen – ook al is het wat raar om het dode, blote kuikentje in een boterhamzakje tussen pizza's en pakken pasta te leggen. Ben ik zo lang bezig geweest om het ei warm te houden en nu leg ik het kuiken in de vrieskou... Aan de andere kant: op het moment dat ik het deurtje van het vriesvak sluit, weet ik in elk geval zeker dat mijn kwaadaardige engel niet meer bij mijn kuiken komen kan.

Een beetje bibberig ga ik daarna op de bank zitten en kijk naar het lege nest. Op mijn polsen zitten drie felrode lange krassen: twee links, één rechts. Er wellen nog een paar rode druppels bloed uit op. Malgré zit zich in de vensterbank in onschuld te wassen; zij is alweer vergeten waarmee ze zonet bezig was.

Ik kijk naar de tuin, hoor de merel, denk na over adem en bloed en leven en dood, over vogels en paarden die sterven. Dan pak ik een pen en haal het boekje met het zijdepapieren kaftje tevoorschijn omdat ik woorden wil opschrijven: de eerste regels van mijn epische gedicht. Of misschien worden het de laatste regels of de middenregels – dat weet ik nog niet.

Schrijven lukt echter echt niet. Zelfs niet als ik heel graag wil. De pen valt weer uit mijn hand en er zit niets anders op dan de regels te onthouden totdat ik een computer heb. Totdat ik toetsen kan aanslaan. Tot zondag.

In de keuken gaat de buitendeur open.

'Goedemorgen,' roept Ada. 'Al op?'

16

Graf

Het is nu mei. *Le joli mois de mai.* Vijf dagen geleden was ik jarig en die dag regende het, maar nu is het mooi weer en zit ik buiten in de zon, in een flodderig zomerjurkje dat ik achterin de kast heb gevonden, en ik probeer niet aan de herfst te denken. Ik zit op het gras, want ik ben gevallen, maar ik doe net alsof ik hier alleen maar even ben gaan zitten.

Ik wacht, maar ook daarvan doe ik alsof dat niet zo is.

Om me heen zie ik de flats, met wapperend wasgoed. Op een balkon staan geraniums, die in de zomer zullen bloeien.

Ik kijk naar de poes, die voorzichtig met een poot tegen een gestrande hommel tikt om te zien of er nog leven in zit. Poezen leren: Malgré is een keer in haar lip gestoken door een bij en wantrouwt sindsdien alles wat zoemt.

Het gras is lang, Ibrahim zal binnenkort wel weer komen maaien. Jammer, want er bloeien gele paardenbloemen en witte madeliefjes in. Onkruid, maar ik houd er wel van. Alleen onder de ceder is een stukje kale, zwarte grond. Er ligt een baksteen op. Ik heb eindelijk het graf waarom ik vroeg.

Ik denk terug aan de zondag na de receptie. Kroon is in het zwart gekomen, de idioot, met op zijn hoofd een hoedje met een voile. Ik begon te lachen toen ik hem zag, maar Ibrahim kwam geschrokken zijn huis uit. We probeerden hem gerust te stellen en bij te praten, maar dat viel natuurlijk nog niet mee, qua taal.

'Vógeltsje?' vroeg hij onzeker, ervan overtuigd dat zijn Nederlands hem weer eens in de steek liet. Ik weet niet welke conclusies hij die dag heeft getrokken over Nederlandse zeden, gewoonten en gebruiken...

Vlak na Kroon arriveerde Victoria met de computer achter in de auto. Ze had ook haar hondje meegenomen, een Jack Russell. Het beest sprong als een stuiterballetje op en neer, draafde blij opgewonden in het rond en rende druk-druk-druk van de een naar de ander. Ik dreigde voortdurend over hem te struikelen en was blij dat ik me heb beperkt tot een kat. Toen overigens Malgré de Jack Russell in het vizier kreeg, zwol ze op tot twee keer haar normale omvang en verdween, beledigd over deze huisvredebreuk, met een dikke staart naar elders.

Maar goed ook, want ze had hier nu even niets te zoeken.

Victoria keek fronsend naar de rode strepen op mijn polsen. Krassen in de lengterichting zijn serieuze krassen. Even overwoog ik om haar te zeggen: 'En wat dan nog? Wie houdt me tegen om de regie te nemen? Om niet alleen mijn leven, maar ook mijn dood in eigen hand te houden?' Maar omdat de krassen daar natuurlijk niet echt mee te maken hadden, stelde ik haar gerust en keek ik vervolgens toe hoe ze in de huiskamer mijn nieuwe oude computer aansloot en er van alles op installeerde, goochelend met snoertjes en cd-rommetjes.

Kroon haalde intussen het vogeltje uit het vriesvak en vlijde het met boterhamzakje en al in een sigarenkistje dat hij voor de gelegenheid had meegenomen. Hij had ook een cd bij zich, met het liedje *Blackbird fly into the light of the dark black night*. Met een tuinschepje groef hij een gat in mijn grasveld, onder de ceder, en zei: 'Vandaag zijn wij hier bijeen om afscheid te nemen van een dood vogeltje.'

'Hou op, Kroon,' zei ik.

Hij vond echter dat hij nog moest voorlezen uit een of ander prentenboek. Op dat moment stapte Ibrahim over de heg met een nogal mal zwart pak aan, dat hij zo te zien in het asielzoekerscentrum uit een stapel afgedankte kleren had mogen uitzoeken en dat ooit van de hand was gedaan als volstrekt ouderwets. Kroon trok zich niets van Ibrahim aan en las plechtig: '"Hij knielde bij de vogel neer, en keek aandachtig. "Die is dood," zei hij toen. "Dood," zei Kikker. "Wat is dat?"'

Bloemen hadden we niet. Ook geen koffie met cake, trouwens, want we hadden meer zin in wijn. Even later wilde de Jack Russell van Victoria gaan graven in het verse hoopje aarde dat het grafje was, en hebben we er bij gebrek aan iets beters een baksteen op gelegd. Die ligt er nu nog steeds. Zo heb ik dus toch een graf. Monumentje voor mijn vogel. Voor mijn vogel en ook een beetje voor mijn vader, en voor mijn linker- en mijn rechterbeen, voor het vermogen te lopen en het vermogen te staan, voor mijn ene oog en voor het andere, voor mijn linkerhand en mijn rechterhand, voor mijn evenwichtsgevoel, zelfstandigheid, vanzelfsprekendheid en toekomst...

Hebt u nóg een grafje voor me? Het past er niet allemaal in.

Ik krijg het koud zo op het gras en ga naar binnen om een vest aan te trekken. Als ik terugkom in de tuin heeft Malgré besloten de hommel verder met rust te laten en ligt ze op mijn plekje in de zon te soezen.

Ik ga naast haar zitten, aai haar en mijmer verder.

Het lijkt op wachten, maar dat is het niet.

Op het antwoordapparaat zei Felix dat hij inderdaad Kolbert gaat opvolgen, dat hij al lang geleden heeft besloten zich uit de openbaarheid terug te trekken om het te gaan zoeken in de richting van zo iemand als Kolbert: de man met alle telefoonnummers van iedereen die ertoe doet – maar achter de schermen en in de coulissen, de man buiten beeld. Minder kwetsbaar.

Hij sprak ook zijn telefoonnummer in, een nieuw nummer, want zijn vorige telefoontje was hij verloren tijdens de 'paardentocht', zoals hij die noemde. Het was het enige wat hij erover zei, over de tocht die hij in mijn hoofd niet had overleefd... Over zijn afwezigheid uit mijn leven zei hij helemaal niets.

Malgré is naar binnen gegaan en nu heeft een merel het lef om in het gazon op zoek te gaan naar regenwormen. Van mij trekt hij zich niets aan. Ik zal zo een appeltje neerleggen, daar houden merels ook van.

Ik kijk naar de merel.

Ik kijk naar de madeliefjes.

Ik kijk naar de flats om me heen.

De zon zal er straks achter verdwijnen. Ik weet niet hoe laat het is. Ik blijf nog even zitten mijmeren en denk aan alles wat goed gaat. Goed nieuws is bijvoorbeeld dat Victoria bij de laatste foto's schoon bleek. Goed nieuws is ook dat mijn nieuwe oude computer het doet en ik vanuit mijn huiskamer contact heb met de hele wereld. Ibrahim moest erg lachen toen ik, nadat hij het gras weer had gemaaid, '*tashakkor*' tegen hem zei – het heeft ongetwijfeld in zijn oren geklonken als *dankoewol*. In Iran, zei hij, zegt men meestal gewoon *merci*.

Goed nieuws is dat ik mailtjes krijg. Eerst niet, maar sinds ik er zelf een paar heb geschreven en verstuurd, komen er steeds meer binnen. Hoe het met me gaat.

Als je wilt dat je hand wordt vastgepakt, moet je hem uitsteken.

Toen ik Felix' bericht op het antwoordapparaat had afgeluisterd, belde ik hem. Hij nam meteen op, bijna alsof hij erop had zitten wachten. Ik vroeg hem eerst waarom hij na tien jaar gebeld had, die nacht voor de receptie.

'De nacht voor de receptie?' vroeg hij verwonderd.

Mijn hele queeste was dus gebaseerd op een droom...

Op mijn verzoek vertelde hij daarna iets meer over de reis van tien jaar geleden. Die was nogal ellendig geweest: hij was al na een paar dagen ziek geworden. Nee, niets heldhaftigs. Integendeel, veel braken en diarree. Het was eigenlijk alleen aan zijn rustig voortsjokkende paard te danken dat hij heelhuids weer terugkeerde vanwaar hij was vertrokken. Dat wil zeggen, bijna heelhuids, want hij zag een dikke tak over het hoofd die over het pad stak. Het paard kon eronderdoor. De ruiter niet. Het kostte Felix drie voortanden.

Er was dus niets om een stoer verhaal over te vertellen, zei hij. Hij was vertrokken als een man die zich nog in de bloei van zijn leven waande en hij kwam terug als een vies, tandeloos mannetje, tegen wie een arts in het ziekenhuis zei dat hij met dit soort ondernemingen moest gaan oppassen op zijn leeftijd...

Ik schoot in de lach.

'Moet je daarom lachen?' zei hij verongelijkt.

'Jij had geen midlifecrisis, meer een midlifecrash.'

'Haha,' zei hij.

Hij werd voor de zekerheid in het ziekenhuis aan een infuus gelegd, waar hij vanuit zijn bed de beelden zag die ik ook had gezien: vliegtuigen die tegen de Twin Towers vlogen, eerst tegen de ene en toen tegen de andere, vliegtuigen die helemaal door de gebouwen verzwolgen leken te worden en dood en verderf zaaiden. Om hem heen keken mensen met grote schrikogen naar het scherm – patiënten, verpleegkundigen, artsen... Ze sloegen een hand voor hun mond en zeiden: 'Oh, my god.' Ze zeiden dat ze wilden gaan helpen, maar dat ze niet wisten hoe. Ze zeiden dat ze wilden vluchten, maar dat ze niet wisten waarheen.

Felix had zich gerealiseerd dat hij in de conditie waarin hij op dat moment verkeerde niet in staat was om te vluchten. Hij wist niet eens hoe hij zich moest losmaken van het infuus. Hij was machteloos.

'Ik dacht aan jou,' zei hij.

Nu is de zon weg. Ik sta wankel op en ga naar binnen. Binnen is het warm.

Ik maak thee.

Ik kijk op de klok. Halfvijf.

Ik ga op de bank zitten.

En ze leefden nog lang en gelukkig... Dat was wel leuk geweest: een happy end. Het was bijvoorbeeld leuk geweest als er een mooie liefde was opgebloeid tussen Kroon en Ibrahim, maar Kroon vond Ibrahim een veel te dikke brombeer.

Tegenwoordig help ik Ibrahim met zijn Nederlandse lessen. Taal, heb ik bedacht, is wat ik hem te bieden heb als tegenprestatie voor het maaien van mijn gras.

En ze leefden nog lang en gelukkig... Helaas zit het leven zo niet in elkaar, helaas is er tegenslag zolang er leven is, helaas is er ziekte, is er de dood. Eigenlijk is de dood nog de meest betrouwbare partner. Van de dood kun je altijd op aan.

Ik zet de televisie aan en kijk naar het journaal. Een land in oorlog, een arbeidsconflict...

Ik kijk op de klok.

Het is nu kwart over vijf.

Toen Felix was opgelapt, compleet met nieuwe voortanden, en toen het reguliere vluchtverkeer zich had hersteld, was hij naar huis gekomen, doordrongen van het feit dat niets en niemand onkwetsbaar is. Zelfs hij niet. En juist toen belde Jolie, die sprak over mij en míjn kwetsbaarheid, over dat het zo slecht met me ging en dat mijn toekomst zo ongewis was en dat zijn aanwezigheid in mijn leven het er niet beter op maakte.

'Waarom heb je mij toen niet gebeld?' vroeg ik. 'Waarom heb je niets aan mij gevraagd? Ik heb gewoon MS, Felix. Dat is klote, maar heeft niets met jou te maken.'

'Maar ik was bang dat ze gelijk had!' zei hij, en hij klonk alsof ik medelijden met hém zou moeten hebben. 'Ik was bang dat het wél iets, of in elk geval ook iets, met mij te maken had.'

Je was niet bang, dacht ik, je was laf. In mijn hoofd donderde Felix van zijn voetstuk.

'Hoe dacht je dan dat het werkte?' vroeg ik.

Het bleef lang stil aan de telefoon.

'Ik ga... Ik ging een beetje slordig met mensen om,' zei hij.

'Met vrouwen.'

'Ja. Met vrouwen. Ik ging er altijd vanuit dat ze gewoon konden weglopen als ze er niet tegen konden dat ze een tijdje niets van me hoorden.'

'Maar ik kon niet weglopen.'

'Nee. Jij kon niet weglopen.'

Ik zuchtte in de telefoonhoorn.

Hij zei: 'Jij verdient iemand die er altijd voor je is.'

'Misschien verdient die iemand mij niet.'

Het journaal begint opnieuw. Ik zet de televisie uit en ga op de bank liggen. Probeer positief te denken, want dat heb ik me voorgenomen. Dat het erom gaat te doen wat ik nog wél kan en daarvan te genieten. Dat het geen zin heeft om zelfmedelijden te hebben, maar dat een beetje compassie met mezelf niet verkeerd is. Want ik ben best zielig – misschien niet zo zielig als een blind, doof en ook nog eens achterlijk kind, maar MS is geen geschaafde knie. En ook geen onthoofde barbiepop.

Maar goed, daar blijft het dan ook bij, qua wijsheid en diepe inzichten. Ik ben ook maar een gewoon mens. Het enige wat mij een beetje anders maakt, is dat ik MS heb, maar dat hebben wereldwijd nog tweeënhalf miljoen mensen, dus zo bijzonder is dat nou ook weer niet.

Het zou natuurlijk goed nieuws zijn geweest, voor mij en voor al die anderen, als MS ineens eenvoudig te repareren was, zoals een paar gebroken voortanden. Renate Rubinstein schreef dat ze had gelezen dat er binnen tien jaar een therapie gevonden zou worden voor onder andere multiple sclerose.

'Dat was pas hoop,' schreef ze. In 1985.

Goed nieuws is dat het dure medicijn dat maandelijks per infuus bij me naar binnen druppelt, iets lijkt te doen. Ik word er niet beter van, zoals anderen overigens wel, maar voorlopig ook niet slechter. Dat zei in elk geval het gezicht van de neuroloog me toen hij eind april mijn MRI-scan bekeek. En 'niet slechter' is al heel wat voor iemand met MS. Het betekent voorlopig geen nieuwe uitval, geen nieuw functieverlies, geen nieuw afscheid, geen nieuw graf.

Goed nieuws is ook dat het nieuwe medicijn nieuwe medicijnen zal voortbrengen, en wie weet, over tien jaar...

Het is halfzes.

De deurbel gaat.

Felix.

Hij is precies op tijd. Tassen vol lekkere dingen draagt hij naar binnen en hij zegt dat hij makreel voor me gaat maken, met een chutney van kruisbessen.

Dat lijkt me een merkwaardige combinatie, maar natuurlijk weet Felix te vertellen dat kruisbessen in het Frans *groseille à maquereau* heten, makreelbessen, en dat dat niet voor niets is.

Felix heeft altijd overal een verhaal bij.

Vanaf de bank kijk ik naar mijn boekenkast, waarvan sinds mijn verjaardag de lege planken zich weer vullen. Mijn vrienden hebben me boeken cadeau gedaan. Echte boeken, van papier, voor de dagen dat mijn ogen goed genoeg zijn, maar ook luisterboeken: boeken die voor me worden voorgelezen. De plastic cassettes waarin de cd's zitten, staan ook in de kast. Van Felix kreeg ik een iPod, waarop ik ze kan downloaden. Ik luister dan terwijl ik op de bank zit en ik luister 's nachts in bed, als ik niet kan slapen. Soms moet ik als ik verder wil met een verhaal, even zoeken om het punt terug te vinden waarop ik toch in slaap gevallen ben. Daar zouden ze nog iets op moeten vinden.

Op mijn verzoek gaven mijn vrienden me vooral boeken over verre landen. Het liefst lees ik over en luister ik naar verhalen die zich afspelen in bergen of in bossen of in oerwouden of op oceanen. Lezend of luisterend kom ik in Italiaanse dorpen of ga ik naar São Paulo, lezend of luisterend trek ik van de oerwouden van Suriname naar Malinese woestijnen of Nepalese hoogvlaktes. Slauerhoff schreef: 'Alleen in mijn gedichten kan ik wonen...' Niet eens ontevreden denk ik: in mijn boeken kan ik reizen. Gelukkig maar.

Ik probeer niet naar de troep te kijken die Felix in de keuken maakt. Morgen zal Ada voor me opruimen en ik zal haar daarvoor bedanken. Jolie zal er geen last van hebben.

Sinds de receptie komt mijn zus niet meer elke dag. Dat is verlies en dat is winst: verlies omdat er jampotjes gesloten blijven en er dagen zijn dat ik niemand anders zie dan Ada. Winst omdat het de verhouding tussen mij en Jolie ten goede komt. Ze is er minder, en toch is er meer tijd om gewoon zussen te zijn. Wat mij betreft: om blij te zijn dat ze komt. Wat haar betreft: om bezorgd te zijn zonder dat ze rare dingen doet. En misschien is ze ook wel blij als ze komt.

Papa moet er maar vrede mee hebben. En mama wordt te oud om zich er druk over te maken.

En Felix... Toen hij van zijn voetstuk viel, heb ik in gedachten lang naar de brokstukken gekeken. Hier zal ik het dus verder mee moeten doen, dacht ik: stukjes welbevinden en scherven geluk. Wilde ik dat? Ach, het was tenminste iets.

Hij maakt een fles Pouilly Fumé open. Boven zijn oren zitten nog grijze plukjes haar. We praten over de wereld en politiek, over literatuur, het leven en de dood. Hij spreekt dat in mij aan wat het nog best goed doet, datgene wat nog heel capabel is, en hij blijkt me nog steeds aan het lachen te kunnen maken. En nog verrassender – ik hem ook. Daarvoor hoef ik helemaal niet te kunnen staan. En ook niet te kunnen lopen.

Voor dit verhaal ontleende ik citaten, zinnen en ideeën aan Renate Rubinstein, *Nee heb je* (Amsterdam: Meulenhoff, 1985); Connie Palmen, *Lucifer* (Amsterdam: Prometheus, 2007) en Max Velthuijs, *Kikker en het Vogeltje* (Amsterdam: Leopold, 1991); Judith Herzberg, 'Beroepskeuze', uit *Beemdgras* (Amsterdam: Van Oorschot, 1968); Gerrit Achterberg, 'De Werkster', uit *Hoonte* (Amsterdam: Breughel, 1949); Johann Wolfgang von Goethe, 'Der Erlkönig'; Han Hoekstra, 'De Ceder', uit *Panopticum* (Amsterdam: Meulenhoff, 1946); Jan Jacob Slauerhoff, 'Wooningloze', uit *Gedichten* (Rotterdam: Nijgh & Van Ditmar, 1940-1941), aan het lied 'A Horse With No Name' geschreven door Dewey Bunnell (1972) en aan de verhalen van Cees.

Inhoud